北京高校青年英才计划"日本近代小说与知识分子关系研究"（项目号 YETP0406）

记者、小说与知识分子关系
——以日本明治末期小说为中心

Journalist,
Novel & Intellectual

高西峰 / 著

图书在版编目（CIP）数据

记者、小说与知识分子关系：以日本明治末期小说
为中心／高西峰著. —北京：
中央编译出版社，2015.4

ISBN 978-7-5117-2591-2

Ⅰ.①记… Ⅱ.①高… Ⅲ.①小说研究-日本-明治时代
Ⅳ.①I313.074

中国版本图书馆 CIP 数据核字（2015）第 064763 号

记者、小说与知识分子关系：以日本明治末期小说为中心

出 版 人：	刘明清
出版统筹：	董　巍
责任编辑：	王丽芳
责任印制：	尹　珺
出版发行：	中央编译出版社
地　　址：	北京西城区车公庄大街乙 5 号鸿儒大厦 B 座（100044）
电　　话：	（010）52612345（总编室）　（010）52612349（编辑室）
	（010）52612316（发行部）　（010）52612317（网络销售）
	（010）52612346（馆配部）　（010）55626985（读者服务部）
传　　真：	（010）66515838
经　　销：	全国新华书店
印　　刷：	北京京华虎彩印刷有限公司
开　　本：	787 毫米×1092 毫米　1/16
字　　数：	167 千字
印　　张：	16.25
版　　次：	2015 年 4 月第 1 版第 1 次印刷
定　　价：	58.00 元
网　　址：	www.cctphome.com　　邮　箱：cctp@cctphome.com
新浪微博：	@中央编译出版社　　　　微　信：中央编译出版社（ID：cctphome）
淘宝店铺：	中央编译出版社直销店（http://shop108367160.taobao.com）　（010）52612349

本社常年法律顾问：北京市吴栾赵阎律师事务所律师　闫军　梁勤
凡有印装质量问题，本社负责调换。电话：（010）55626985

序

十几年来，与日本书学方向的博士生一起读书、学习、讨论，对"教学相长"的深意颇有感触。教书本身似乎是教师单方面对学生的引导，实际上这种引导在不少情况下也会促进、加深自身的思考，学生的一些认识有时也会对教师产生影响，具有启发性作用。在日本近代文学作家中，我本人思考较多的是岛崎藤村、夏目漱石，比起一般同学我似乎读的书要多些，了解的面要宽些，但以这两位作家的创作为研究对象的同学的发言往往会让自己深受启发。对"二战"后日本的文学我也颇感兴趣，但同学对野间宏、安部公房、内向一代派、有吉佐和子的研究也同样让自己受益匪浅。这本《记者、小说与知识分子关系——以日本明治末期小说为中心》的作者高西峰，同样也是和自己共同读书、学习、讨论的学术研究伙伴，他关注的日本书学创作与日本知识分子的问题也曾经是自己关心的问题之一。日本近代文学、特别是小说创作中，知识分子形象的塑造十分引人注目，毫不夸张地说，日本近代小说名著的多数都是描写知识分子的，无论是森鸥外的《舞姬》，还是夏目漱石的《我是猫》以后的一系列小说作品，如《三四郎》、《从此以后》、《心》、《行人》、《道草》等等，抑或岛崎藤村的《破戒》、《春》、《家》等作品，还有自然主义文学、白桦派作家的小说创作等等，都是如此。因此，在近代日本书学研究中，小说中的知识分子形象得到不少研究者的关注。研究这类人物形象有助于人们理解日本近代文学作品，有利于人们了解日本近代文学创作的特点。关于知识分子形象类型的研究，过去主要集中在学生、教师、公职人员、"高等游民"等类型上。与之比较，西峰的关注点与以往的研究有所不同，它所关注的是日本明治末期的小说作品中的"新闻记者"形象，在这部著作中他试图通过对新闻记者身份的知识分子形象塑造的分析，探讨同时代在报社供职的文学家主体与其描写的新闻记者形象客体之间的关系，解析明治新闻出版机构、制度与文学创作者以及他们所塑造的新闻记者形象之间的关系，阐述作为日本近代知识分子之一的新闻记者失败、消极、虚无、软弱的人生存在和他们有思想无行动的生存态度。这一论述视角在国内日本近代文学研究中是全新的，对于深入研究日本近代小说中的知识分子形象无疑很为有益。自然，对于我们这些关注此问题的人亦很有启发与帮助。

　　知识分子是一个宽泛的概念，放在日本明治时期显然和今天我们所时常讨论的公共知识分子有很大不同。此时的知识分子大约相当于日文中使用的"知识人"，指受过较好的教育的人。而作为新闻记者的知识分子又与这一概念略有不同，也就是说他们不仅有较好的教育背景，而且从事着新闻记者的职业，而这种职业在当时并不具有今天传媒人的重要地位。他们从事的职业既是他们的人生选择，同时也折射出他们的人生态度。这些知识分子形象在日本作家的笔下究竟是如何塑造的，在这些由供职于报社的作家塑造的人物形象上折射出作家的何种人生认识，这是西峰在文中试图探讨的主题。西峰选择了五部明治末期的日本著名作家的代表作品作为研究对象，对作品创作者从写作者转变为新闻记者的意义进行了考察分析，对作为小说背景的明治新闻出版业进行了实证性研究。并且，在此基础上，对日本明治四十年代小说作品中的新闻记者形象塑造的特点进行了中肯的分析评价。论文从知识分子定义、文学家与新闻传媒的关系、文学作品中的新闻记者形象、近代报社的发生与新闻记者由来及状况、作品中的新闻记者与创作者的新闻记者关系等多个方面，较为深入地探讨了日本明治末期小说作品中的作为近代知识分子的新闻记者形象的特征，较为全面地论述了创作者与小说中新闻记者形象的关系，为今后的研究者提供了全新的研究角度和丰富的研究资料。

　　西峰在研究中，注意到这些新闻记者知识分子同样具有明治时期文学作品塑造的其他类型知识分子的特点：一是有思想无行动，二是性格软弱，三是生活孤独。这在日本近代文学的开山之作《浮云》中已现端倪，其主人公内海文三就是这样的知识分子，森鸥外的成名之作《舞姬》的主人公丰太郎同样是这样的知识分子，岛崎藤村的《破戒》的主人公濑川丑松亦是如此，夏目漱石笔下的一系列小说人物同样具有此类特点，其中的《从此以后》的代助、《心》中的先生可以说是这类知识分子的典型。日本近代文学作品中的知识分子描写似乎总在凸显这种特点。这不仅表现在日本明治时期的小说作品中，即使在二战后的小说里我们也同样能够看到此类知识分子形象的塑造。但是，我们并不能因此就简单轻率地得出结论，认为这就是日本书学作品中知识分子描写的总体特征。不过，西峰对明治四十年代小说作品新闻记者类型的知识分子描写的考察分析，再次证实了这一特点的存在，这对于我们整体把握日本近现代小说中知识分子形象塑造意义重大。日本近代文学作家为什么如此钟情于描写自己的同类人？是因为他们生活世界狭窄，还是因为他们笔下的人物最能表达他们自身？西峰在新闻记者类型的小说人物描写的考察研究中指出了写作者与小说人物之间的关系，对我们充分认识日本近代作家与他们笔下的人物形象塑造之间的关系深有启发，开阔了我们在这方面研究的学术视野。

西峰 2009 年获得北京大学文学博士学位后，一直在高校教书，繁重的教学工作、社会工作之余，他一直坚持自己的日本书学研究，实属不易。在当下的社会现实之中，人们更愿意以能否获得经济利益、有无经济价值来判断某一学科的"有用"或者"无用"。假如以此为标准，文学研究、特别是日本纯文学的研究显然是"无用"的。不过，作为一名日本书学的研究者，如果仅仅以迎合现实、谋得利益为目标，显然是难以获得充实的自己的，同样也难以取得深刻的具有学术价值的研究成果。事实上，我们完全可以在获得充实的自己的同时，将"无用"变为"有用"，当然，这种"有用"不是获得更多的物质利益，而是要有用于中日之间的文学交流和文化理解。我相信西峰是一个有理想有抱负的人，他之所以坚持自己的研究，正是因为这种理想与抱负在支持着他。所以，我更希望这本著述的出版只是西峰对于日本书学作品中知识分子形象研究的一个开端，并相信将来他会有更多有分量的研究成果问世。我期待着。

于荣胜

2014年10月25日於日本大阪南千里

目 录

前　言 …………………………………………… 001

绪　论 …………………………………………… 001
　　第一节　知识分子问题 ………………………… 001
　　第二节　先行研究 ……………………………… 018
　　第三节　研究范围、方法与意义 ……………… 024

第一章　文学家与新闻记者 …………………… 027
　　第一节　新闻记者的定义 ……………………… 028
　　第二节　从文学家到新闻记者 ………………… 030
　　第三节　明治四十年代的新闻出版业 ………… 037

第二章　败北的生活者 ………………………… 050
　　第一节　失败的实业家——以作品《流浪》分析为例 … 051
　　第二节　消极的生活者——以作品《尘埃》分析为例 … 069

第三章　弱者的二重生活 …………………………………… 079
　　第一节　现实生活中的二重生活 ………………………… 084
　　第二节　思想和实践意义的二重生活 …………………… 091
　　第三节　知识分子的虚无倾向 …………………………… 104
　　第四节　作家的主体意识 ………………………………… 120

第四章　败德的新闻记者 ………………………………… 140
　　第一节　平冈的人格变化与夏目漱石的新闻记者观 …… 142
　　第二节　新闻记者蔑视观的成因 ………………………… 163

第五章　新闻记者形象形成原因分析 …………………… 171
　　第一节　新闻记者类型知识分子的特质 ………………… 171
　　第二节　新闻记者形象形成的原因 ……………………… 180

结语 …………………………………………………………… 188

参考文献 ……………………………………………………… 191

附录 …………………………………………………………… 199
　　一、文中主要作品中日文对照 …………………………… 199
　　二、作家年谱 ……………………………………………… 200
　　三、夏目漱石的新闻记者言论 …………………………… 234

后记 …………………………………………………………… 237

索引 …………………………………………………………… 241

前　言

　　日本近代小说中描写了各种职业的知识分子。从明治初期官吏所代表的"使用型知识分子"到思想处于成长期的学生，再到精神独立的"高等游民"，不同类型的知识分子形象反映不同时期的社会状况及作家的创作意识。明治四十年代，自然主义文学盛行，具有新闻记者体验的作家，创作了反映记者生活的小说作品。就当时的社会风潮而言，记者和从事写作的人，或者可以说记者和作家还处于未分化状态。在大众传媒还不发达的明治时期，作家多通过报纸这个媒介，进行自我宣传，并进行文学创作。任职于东京朝日报社的夏目漱石、石川啄木等人就是此类作家的代表。明治末期是新闻出版业的巨大转换期，不论在报纸的经营策略上，还是在读者层方面，都发生了巨大的变化。但同时知识分子也因后援者由传统的宫廷等机构变为商品经营模式的新闻出版业而陷入最大的危机。文学作品中描写的知识分子的命运，与知识分子创作的文学形态相关联，作为文学问题，值得深入考察。

本书在比较宽泛意义上使用的"知识分子"的概念，指具有一定学识和教养的人。当谈及作品中的知识分子问题时，通常涉及到作家和作品中知识分子形象两个层面，在本书中，研究对象主要侧重作家的主体意识。本书在充分借鉴先行研究的基础上，通过细致的文本分析，运用文献学的方法，在实证研究的基础上，对作品进行新的解读。本书并非不同时期作品中新闻记者这类知识分子的简单的社会学意义的类比，而是试图通过典型人物形象的分析，揭示出作家的主体意识。在文本的选择上，本书选取自然主义文学代表作家正宗白鸟的《尘埃》、岩野泡鸣的《流浪》、还有夏目漱石的《从此以后》以及石川啄木的《我们的一伙儿和他》。虽然研究对象限定在明治四十年代，但为了兼顾研究的连续性，本书在论述中对大正时期广津和郎的《神经病时代》也将有所涉及。

本书在结构的安排上，呈现递进关系。首先，就文学家与新闻记者的关系以及明治四十年代新闻出版业做一简要论述，进而揭示文学家的生存现状。继而以作品《流浪》和《尘埃》分析为例，来揭示作为败北的生活者的新闻记者形象。在闭塞的社会现状下，知识分子身心备受折磨。《我们的一伙儿和他》和《神经病时代》中的主人公，行动和思想相背离，实际上在践行着弱者的二重生活。除却新闻记者的自身生活状态外，外界的思潮及偏见都使得他们处境更加艰难。而夏目漱石就是在《从此以后》中，向人们展示了一个败德的新闻记者形象。从生活及精神层面对明治末期的各类新闻记者形象进行研究，不仅能了解知识分子所处的闭塞时代，更有助阐明作家的主体意识。在明确新闻记者这一类型知识分子的特质基础上，与教师、学生等类型的知识分子进行比较，更能明确新闻记者与作家的关系。最后，本书从新闻记者的形成、当时的社会思潮等层面来分析新闻记者的特质。相信通过研究明治末期的新闻记者形象，必能丰富知识分子类型化研究，更能进一步阐明日本近代小说与知识分子的关系。

绪　论

"知识分子"一词自诞生以来，就被赋予了特殊的历史意义。在早期的社会变革中，"知识分子"肩负着教化大众、推动社会向前发展的历史重任。但随着时代的发展，"知识分子"的内涵和外延也在发生变化。因历史进程的差异，各国知识分子的历史使命也不尽相同。在本绪论中，将"知识分子"放在历史语境中考察。主要就知识分子的定义、日本近代文学中的知识分子、新闻记者类型知识分子等问题展开论述，进而整体把握作为研究对象的新闻记者的内涵。

第一节　知识分子问题

一、知识分子的定义

把"知识分子"放在历史语境中理解，它有两个来源：一个来源于俄文。在19世纪俄国前现代社会，在西方现代化影响下，出现了上流社会知识阶层。他们接受了西方教育，用西方现代价值理念与知识背景来观察俄国当时落后的专制制度，对自己所处的俄国社会的黑暗与不合理的现行秩序产生了强烈的疏离感和背叛意识。他们具有强烈的批判精神。第二来源与19世纪晚期法国"德雷福斯事件"相关。此事件激起了一些有社会良知与正义感的人士的义愤，他们为受到诬陷的犹太人出身的德雷福斯进行了辩护。借此人们把那些具有批判意识、社会良知，为社会伸张正义，敢于批判最高权力当局的人士称作知识分子。其后不少学者对其进行了不同的界定。葛兰西把知识分子分为两类：一是传统的知识分子，一是有机的知识分子。① 其中有机的知识分子主动参与社会，一直在行动，在发展壮大，而传统的知识分子则会年复一年地从事同样的工作，可能会停留在原处。萨义德认为20世纪末的现实印证了葛兰西的判断，但即便如此，他仍然认为知识分子应该是"在社会中具有特定公共角色的个人"，是"具有能力向公众以及为公众来代表、实现、表明讯息、观点、态度、哲学或意见的个人。"② 总之，在萨义德看来，知识分子应该是具有

---

① 葛兰西从领导权意义上，对"有机知识分子"和"传统知识分子"进行区分。一方面，每个社会集团，在经济生产世界里原有的基本职能范围内产生出来的同时，有机地创造一个或多个知识分子阶层，另一方面，传统知识分子强调自己独立于占统治地位的社会集团。（参见 Antonio Gramsci, Selections from the Prison Notebooks, trans. by Quintin Hoare and Geoffrey Nowell Smith, London, Lawrence&Wishart Ltd., 1971, p.5, p.7.）

② 爱德华·萨义德：《知识分子论》，单德兴译，北京：生活·读书·新知三联书店，2002年4月第1版，第16页。

批评意识的人。如此一来，这样的知识分子同样不可能是多数人的群体。

具体到日本的知识分子，折口信夫在《日本文学的发生序说》指出，自上代以来在日本提到知识分子，首推僧侣。他们参加宫廷的聚会，历经时代的变迁，或是在民间辗转，以半僧半俗的形式从事文学活动。而所谓的"隐者"大体可分为半僧半俗、有相当身份却过着隐居生活的人以及身份地位极低的人这三类。他们中有周游列国者，边乞讨，边传播文学，促进了文学的发展。"即便谈隐者，也种类众多，简言之，那些过着自由生活的人，作为社会外的存在，高于世人一般认知，超脱自己的身份，能自由地与不同阶级的人交流的人即是隐者。上流人士及少数高贵的人亦是采取这种生活方式。"① 这里其实他提到了知识分子的独立精神问题。查阅明治时期到现在的各种国语词典，即便有"知识"这一词条，并不见"知识人"这一词条。到大正后半期，或者说到昭和初期词典中出现"知识阶级"这一词。根据《日本国语大词典》，"知识阶级"最早的用例见于大正九年（1920）里见弴的小说《桐畑》，其后"知识人"这一词条也被追加进去。由此可推断出"知识人"这一词汇最早出现在大正时期。而"インテリ"一词出现略晚，基本处于同一时期。明治末期以后人们开始切实意识到"知识"、"思想"等词汇意义的重要性。明治以来被称做"知识"、"思想"的概念大多来源于西方。因此

---

① 折口信夫、『日本文学の発生序説』、角川文庫、1951年、第4頁。

从日本社会一般的现实生活条件来理解这些新鲜事物时，在很多人的意识中，就产生了游离感。在这样的时代背景下，"知识人"在大正后期得以出现。而《日本国语大词典》对"インテリゲンチャ"一词的解释为"把有知识、学问、教养"的人们作为一个阶级、阶层来理解，与"知识阶级"、"知识阶层"、"インテリ"等词同义。在《新语大全》（1921）中，小林花眠将"インテリゲンシャ（俄）"译为：知识阶级、高等游民，指俄罗斯特有的社会阶级，他们受过高等教育，却避免从事职业、赋闲坐食的人。高见顺（1951）则把"インテリゲンチア"解释为：比起意见，是把行动放在重点的一类人。由此可见"知识分子"一词在日本语意的流变。大正时期的"知识阶级"作为"インテリゲンツィア"翻译语存在，"インテリゲンツィア"是俄语，本指具有来自西欧的丰富知识，却没有运用这些知识的场所，从而被当作社会的"多余人"。在此，俄国社会与发达的西欧社会相比，暗示与日本处于同样的状况。由此可见，"知识分子"一词的演变是伴随着西化进程出现的。在日本，因标准而异，知识分子被划分为不同种类。松田道雄在《日本知识分子的思想》中指出，明治时期的知识分子主要分为"志士型知识分子"和"实学型知识分子"。① 根据久野收的分类，"知识分子"这一词汇应包含以下三个方面：一种是如科学家般具有专业知识的人。

---

① 前者是对治理天下、国家报有远大志向的人，后者为掌握实际应用知识的人。

第二类是指类似俄国的知识分子和中国读书人，应具有批判意识。第三类是作为文化人的同义词，从事精神创造、传递的人。在他看来，在特定的历史时期，知识分子所具有的这三个方面无法重合。特别是专业知识和批判意识无法结合。伴随着社会分工细化，"知识分子"的意义也在分化，但作为有一定学识的教养人①，这一传统意义上的解释已被广大学者认同。

除了"知识人"一词外，还可以用"インテリ"表达"知识分子"含义。但知识分子与"インテリ"相比较，后者包含些许污蔑的意味。但比较郑重的说法为"知识人"。两者意义相同，但使用方法有所不同。比起西方，日本对知识分子的精神基准的重视不如西方。在日本，外在基准是必要条件。譬如教授不言而喻就是知识分子，东京大学出身的人自然也就是知识分子的代表。与西方相比较，其差异具体体现在以下两点：一是在数量上比西方多。② 二是在知识、判断力上不如西方。

从历史上看，近代日本的知识分子，形成两个对立的类型。当然这两种知识分子并非以纯粹的某一种形式出现，更多的情况下是以混合的形式出现。分别为"使用型知识分子"和"批判独立型知识分子"。当把知识分子称为"インテリゲンチャ"时，严密地说，主要指后者。现如今把知识分子称为"インテリ"，则是一种不加区分的使用。但

---

① 是指基于自身学识和技能，能够进行社会性行动的人。
② 在西方，统治者与被统治者的关系很容易区分，而日本这两者的界定比较模糊。

原本"インテリゲンチャ"这一俄语词汇主要指革命前,对能理性地批判近代前的野蛮和愚昧,并能独立思考和行动的知识分子。从这一点来讲,这个词汇所指有别于"インテリ",它不仅摒弃了仅因为大学出身而跻身知识分子行列的因素,更包涵了历史意味。

那么,"インテリゲンチャ"一词在日本的现实环境中如何被使用呢?明治维新以来的日本知识分子全然不属俄国传统意义上的知识分子,这是不言自明的事实。日本知识分子的绝大多数最初都是在绝对主义支配体制下,作为"使用型知识分子"由国家权利组织所培养。一如永井荷风屡次提及的幕府知识分子成岛柳北,以不妥协的姿态处于明治新时代和绝对主义权利中的旧教养人、抑或出身旧武士阶层,却通过参加自由民权活动对抗明治政府的有识之士,都是传统意义知识分子的最初形态。但明治初年以来急速增加的知识分子,主要是政府通过近代学校制度的确立而培养的。与法国大革命所成立的新政府不同,明治政府不仅需要有大量人才来确保官僚支配机构的运营和资本家企业的创建,更需要一些知识分子来维护这些权利机构,并促进资本经济的发展。如此一来,明治政府所培养出的知识分子就成为权利机构和资本机构的有用之才。他们的生活权利和资本由明治政府来保证,并且过着比一般民众优越的物质生活。他们逐渐满足自己的生活状态,并用自己的所学心甘情愿地为政府服务。原本,知识分子不过是拥有才能和学识,而此时的他们却受用于统治机构,恰符合"使用型知识分子"之所指。

当知识分子任由知识、思想毫无畏惧地自由驰骋时，他们就会对问题进行深入探究。于是，明治绝对主义统治机构的内容、历史、本质将毫无保留地暴露在知识分子的面前，当他们认清日本的权力和资本是在前近代压榨民众的基础上发展起来这一事实时，他们就会对现有的制度进行反思，进而展开批判。如此对明治统治机构进行批判的独立的新型知识分子形成。这类知识分子不甘愿在现有的秩序下服务。即便服务于政府部门，他们也并不得志。最终被统治机构所排挤、驱逐，成为社会的"多余人"。日本的"インテリゲンチャ"并没有像俄罗斯那样，把民众的要求和自由民权运动结合起来。直到大正末期，日本的"インテリゲンチャ"才在无产阶级运动中展开。总之，即便无产阶级斗争中的日本的知识分子具有"インテリゲンチャ"的性质，但其规模和性质和俄国有着很大的区别。尽管在近代日本社会，也产生了批判对立型知识分子，但相对于庞大的"使用型知识分子"群体，只不过是冰山一角。

二、日本近代文学中的知识分子

"インテリゲンツィア"这个词语作为文学术语登上文学世界，应该是在马克思主义文学无产阶级文学运动兴起以后。而在此之前的"人生相涉论争"[①]，则可以看作从文士到知识分子身份转换的重要事件。山路爱山提出：

---

① 1893年，北村透谷和山路爱山就文学的功用论展开争论。针对爱山主张的"文学即事业"的论点，北村透谷在《人生相涉是为何》中主张文学不应被现实世界所束缚，应追求自由和有意义。

"文学即事业。挥动文笔如同舞动英雄剑。虽不同于剑击向长空,但所为均有益。万发炮弹,千支剑芒,如若不有益于世间,也只是虚空。华丽辞藻,美妙文章,遗数百卷于天地间,如若和人生无关,这也只是虚空。文章即事业,因此应该推崇。"①

在这里,文士与武士相对照。他进一步阐述道:

"吾曰文章即事业,所以文章即思想活动,思想一旦活动,就将影响于世。换言之,在使世间更加美好、此生更幸福上,功效显著。"②

山路爱山认为思想由文章来体现,并对现世产生影响。针对这种文学功利性的论调,北村透谷提出"文学并非以事业为目的"的观点。并进一步谈道:

"反动载着爱山奔驰。并且如今爱山逆潮流而动。他以'史论'为名推广理应用铁锤击碎的目的论,频繁地欲侵袭纯文学领地。"③

---

① 山路愛山、「頼襄を論ず」、『現代日本文學大系6 北村透谷・山路愛山集』、筑摩書房、1979年8月初版第10刷、276—277頁。
② 山路愛山、「明治文学史」、『現代日本文學大系6 北村透谷・山路愛山集』、筑摩書房、1979年8月初版第10刷、286頁。
③ 北村透谷、「人生に相渉るとは何の謂ぞ」、『現代日本文學大系6 北村透谷・山路愛山集』、筑摩書房、1979年8月初版第10刷、120頁。

这就是文学史上有名的"人生相涉论争"。小田切秀雄认为在此次论争中，区别于从属统治机构的知识分子的文学，北村透谷确立了"インテリゲンチャ"独自的文学。进一步说，在小田切秀雄看来，明治的知识分子大多被军事、官僚、财阀等统治机构所吸收，这是不同于"インテリゲンチャ"意义的知识分子。而在近代日本，真正意义的"インテリゲンチャ"被北村透谷所发现。① 从山路爱山与北村透谷的论争开始，到白桦派、大正时期教养派等一批对透谷思想产生共鸣的人构成了知识分子、知识阶层。从这种意义上来看，透谷是他们的先驱。知识分子接受马克思主义的洗礼，而产生了社会实践观念。而这种社会实践观念正如小田切秀雄所论断的那样，并不是在评价山路爱山的理论基础上产生。爱山与透谷的论争只能在文学史的意义上去理解。但从历史发展的角度来看，由爱山提出的文士概念正对照出与知识分子这个概念的不同。并且由此，可说明知识分子开始具有思想、知识与社会实际的关系并行发展的意识。

而明治以来的两类知识分子，早在明治二十年前后的坪内逍遥的《当代书生气质》（1885）和二叶亭四迷的《浮云》（1887）中就已形成了文学上的鲜明对照。前者，无论是作品中的学生、还是作者逍遥本身，都对明治社会体制毫无存疑，认为只要认真钻研学业，掌握国家有用的知识，

---

① 小田切秀雄、『日本近代文学—近代日本の社会機構と文学』、青木書店、1955年6月、31頁。

就可以成为官僚、事业飞黄腾达，具有江户乐观情绪。而后者，其主人公作为低层的知识分子好不容易从学校毕业，成为下级官吏，处于官僚机构中，他深感其不合理、非人性的体制，以及封建性的人际关系，深陷苦恼之中。从精神和心理准确把握主人公的苦恼方面，是《浮云》成为最早的近代文学作品的有力证据之一。其后登场的尾崎红叶的砚友社文学和其批判者北村透谷形成了鲜明的对照。主张文学的慰藉作用的砚友社一派，对现实的明治社会丝毫不存疑惑和不信任。例如尾崎红叶的《紫》（1894）中虽然也描写了类似底层知识分子的苦恼，但这并非基于作者的真实感情，并且作品也是以主人公的出人头地作为皆大欢喜的结局。而试图超越主观态度的北村透谷，不仅对前近代的伦理、习俗、观念进行了批判，而且从根本上批判了制约明治人的半封建制度，从而明确了对近代人的要求和内容。但是，北村透谷所确立的日本近代文学的主体内容，脱离了明治社会的民众这一现实基础。明治以来的批判独立型知识分子，主要多与文学中孤立、自我封锁的固守自我的传统相关联。在绝对主义统治之下，批判的独立知识分子在精神世界以外实现自己的自由极其艰难。他们所说的精神世界自由，只不过是在以文学为中心的极其狭小领域里，自我封闭地寻求他们个体的自由。在其后的日本近代文学的展开中，这种批判独立型知识分子成为中心。日本近代文学全面的确立是在明治四十年代自然主义文学时期。对建立在统治权力基础上的旧伦理观念的批判，虽然在岛崎藤村的《破戒》（1906）中没有上升到社会层面，仅被限定在小市民知识分子的现实生活中进行，但《破戒》所显示的社会批判性还是存在的。而在田山花袋的《乡村教师》（1909）中，描写了近代自我觉醒过程中，生活在社会底层、过着贫困生活、在日俄战争的万岁声中寂寞死去的地方小学教员的形象。这一形象的塑造显示了批判独立型知识分子在这个阶层逐渐扩大。在夏目漱石的《从此以后》（1909）和森鸥外的《青年》（1910）中，对衣食无忧的"高等游民"形象的刻画，也表明了知识分子阶层的壮大。这些都显示了日本近代文学的社会基础在复杂地扩大。日本资本主义发展带来了物质社会的充实，到了大正时期，随着帝国主义利润的增加，经济的富足更加剧了自我封锁式的、私小说式文坛的发展。像森鸥外的《青年》中的主人公一样，一些不必为生活发愁、一味追求知性生活满足的新型知识分子因此而出现。不言而喻，这类知识分子并不是使用型知识分子，但是他们具备了批判独立知识分子所需要的物质条件。事实上，那些衣食无忧的知识分子往往会对社会持批评态度。而那些经济困顿的知识分子多关注与生活息息相关的事情，在与现实的对立中大都败下阵来。明治时期的小说中主要体现了以上两类知识分子：一类是制度内的知识分子，另一类则为批判型知识分子。由于前者生活较为富足，他们过着相对独立的知性生活。

三、新闻记者类型知识分子

尽管"知识分子"一词出现在大正后半期，但在有关研究中，经常会出现"江户知识分子"、"明治的知识分子"等术语。一方面体现了对这一词的滥用，另一方面也是著述者在竞相尝试为自己的类属做出理论概括的结果。本书在比较宽泛的意义上使用"知识分子"这一概念，它指具有一定学识的教养人，是传统意义上的读书人、文化人。日本近代社会的建设前进，日俄战争胜利后，日本的国际地位相对稳定，开始加快追赶西欧国家近代社会的建设步伐。明治末期近代国家确立，知识分子特别是受过高度教育的青年的关注点也从政治、法律、经济转向宗教、哲学、艺术等领域，由此产生了不同职业的人。这一时期文学家的地位提升，但为了维持生计，许多从事创作的人转行成为新闻记者。本书就是通过分析作品中的新闻记者形象来探究这些转行作家的主体意识。

文学创作的旗手大都是知识分子，文学作品中必然地投射出作为知识分子创作者的身影。欧洲的近代文学是在欧洲近代社会成立的基础上形成的，它包含了近代精神的核心（自我的确立和合理精神）等层面。而在近代化发展落后的各国，文学承担了精神领域以外的重荷。文学者作为语言的操舵手，将当下社会的各种矛盾象征化、故事化、并付诸纸上，有其存在的理由。但是，处于后进社会的知识分子的意识，往往是通过接受先进文明的诸理念来形成的，因此他们对当下社会机构以及现行的社会普遍想法会产生偏差。处于这种情况下，知识分子往往会通过改变落后的社会状况和民众意识，来显示自身存在的理由。而处于社会体制和文化形态急剧转换时期下的知识分子，往往肩负重担。因此，尽管各国形态各异，但无论在俄国、日本或是中国，知识分子的生活方式都成为文学中的重大课题。"纵观近代小说中的知识分子，无论是进步型、破灭型、调和型，日本文学中出现的多为教养型。知识分子在近代，在经历痛苦的同时进行分裂，但在文学作品中很少出现专家型和革命家型。如此也体现了近代日本精神的悲剧。"① 显然，在近代自我确立的过程中，日本的知识分子必然经历精神痛苦。但日本知识分子作家并没有把自己的蜕变和挣扎客观地反映在作品中，这和他们的自我意识产生很大偏差，从而导致了作家们的苦恼。

  本书将研究对象限定在新闻记者这一类型的知识分子。在大众传媒还不发达的明治时期，报纸是传递信息的主要媒介。如果把报纸定义为记录公共事件的媒体，其历史可追溯到古巴比伦时代。在当时，已存在记录每天公共事件的史料编撰者。而在罗马时代，《官报》诞生。在中国，似乎很早就存在类似报纸的出版物。根据戈公振的研究，中华文明横贯大陆，在成功确立收集组织信息网络方面，是最早的国家。在汉朝，皇室似乎已获得了大量中世纪欧洲王室的信息，而到了唐代，手抄版"正式报纸"《邸报》作

---

① 高橋和巳、「知識人の苦悩—夏目漱石」、太田登、木股知史編、『漱石作品論集成第六巻 それから』、桜楓社、1995年4月初版二刷、51頁。

为法令传达的媒体，起到了很大的作用。日本最初的报纸诞生于幕末。与新闻类似的出版物可追溯到"瓦版"①。现存最古的是描写1615年的大阪安部之战的瓦版。文久二年（1862）幕府发行的《官方雅加达报纸》是日本最初的报纸。它是翻译荷兰报纸，主要介绍了国外及荷兰的重要新闻。文久元年（1861）的《The Nagasaki shipping list and advertiser》、文久三年（1863）的《Japan commercial news》等英文商业报纸由欧洲人相继创刊。时至庆应元年（1865），日本最初的民间报纸"海外报纸"在横滨创刊，创办者为播州的美国移民约瑟夫。到了庆应四年（1868）在江户、大阪、京都、长崎等地首次出现了由日本人发行的以国内新闻为主的报纸。以柳河春三发行的"中外报纸"为代表，无论从其内容，还是从销售、影响等各方面来看，是最具报纸特征的刊物。

在日本，"新闻记者"一词几乎与日本最初报纸的发行同步出现。庆应四年（1868）5月8日的"江湖报纸"中有"寄给兵库、大阪的新闻记者"的字样，"新闻记者"一词正是从此时开始使用。作为新职业，"新闻记者"到了明治时期，更加引人注目。明治七年（1874）12月16日的《读卖新闻》中，刊载了题为"对演员般报纸记者的大评判"的投稿，对福地源一郎（樱痴）、假名垣鲁文、成岛柳

---

① 江户时期，用于传谣天地灾异、火灾、殉情等具有高度时事性信息的纸制媒体。幕末大量被出版，到明治初期报纸出现后逐渐衰退。

北等记者的工作进行评判。1881年《新闻记者奇行传（初编）》① 出版，内有福地樱痴、栗本锄云、成岛柳北等十八名记者的介绍及其肖像画。战争期间，报社为了更迅速地报道战事消息，开始派遣从军记者。1874年4月的台湾战役中，派出探访员就是从军记者的开始。其后，1877年的西南战争中，日报社社长的福地源一郎就在战地记录战报。甲午中日战争时期，国木田独步从1894年12月21日至翌年在《国民新闻》上32次连载《爱弟通信》，广受好评。此外，1904年日俄战争爆发时，田山花袋作为博文馆的从军记者远赴战场考察，并出版《第二军出征日记》②。

相对于"新闻记者"这一称谓，还有"操觚者"一说。幕末维新时期，记录社会事件的报纸从西欧传入日本。不久日本也出现了由本国人发行的报纸，在那时"news"和"newspaper"分别由"新闻"（新听到的事情）、"新闻纸"这两个译词来对应，这是汉语的借用。作为日常用语，"新闻"一词此时已经固定下来，但在较为郑重的场合，大都仍然仿效中国古典，使用"操觚"这一词。它是相对于"新闻"的雅语。尽管在现代日语中几乎成为不使用的词语。但查阅《日本国语大辞典》（小学馆）可以找到这样的注释：

---

① 隅田了古編、鮮齊永濯画、『新聞記者奇行伝（初編）』、墨々書屋、1881年。

② 田山花袋、『第二軍従征日記』、博文館、1905年。

"觚,四角木牍,过去在中国用来记录文字。由此把操笔赋诗文、从事文笔的活动称为'操觚'。由'操觚'衍生的词汇有'操觚家'、'操觚界'、'操觚者'、'操觚者流'等。'操觚界'是指报纸、杂志记者和作家的社会,新闻出版业。'操觚者':从事创作的人。著述者、编集者、报纸或杂志的记者。操觚家,新闻记者。通常指那些超脱世俗,受人尊敬的那些人。"一身傲骨、浑身正气如明治初期因压制言论法规而受到迫害的记者"末广重恭(铁肠)、成岛柳北等。由操觚者引申的词汇'操觚者流'意为操觚者同类、操觚者的伙伴"。《国语大辞典》对这一词汇的解释过于生硬。"操觚者流"的"流"在多数情况下,作为歧视的词汇来使用。此时它的用法更贴近与"辈"。从明治到大正时期,"阀族者流"、"政党者流"等词汇不断出现。前者是指军阀、官僚,后者指苦心钻研权术的政党。照此,把"操觚者流"翻译成现代词汇,"报纸记者那群家伙"再恰当不过。体现了统治阶级对那些具有反抗意识的记者的畏惧和憎恨。

在东京的报社记志中,当然地方的各处报社也是如此,至少有一人是毕业于东京专科学校①。在这点上,东京专科学校和新闻记者的关系就如同庆应义塾是公司职员和银行职员的培训学校一般,东京专科学校作为记者的培训学校,此时已经获得了很高的社会地位。东京专科学校的创立者之一小野梓(1852—1886)圆满的政治生涯无疑给该校学

---

① 早稻田大学的前身,于1882年创立。

员们以启发。新闻记者出身的大隈重信①创办此校的目的就是要培养政治家。当时，该校的学生，无论政治专业还是法律专业的，都怀有青云之志，立志当政治家。而在明治时期，报纸无疑是宣传思想的最有力武器之一，于是众多学生纷纷在报纸上投稿，抒发己见。这些言论家在学校更是被推崇，新闻记者多出身于东京专科学校与当时的此种风气也颇有关系。凡事开了先河，通常就会按照这个方向发展下去。因此每年的毕业生中定有一些人走上新闻记者的道路。此外地方的一些报社也会在资金上给予帮助，使报社的社员能够入校学习。如此一来，专科学校作为培养新闻记者的学校，形成了良好的培养机制。新闻记者多出于专科学校的事实，实际上和本校校长大隈形成了一种无形的关系。原本以培养人才为宗旨而设立的学校，却和他形成了政党政派的关系。收揽人心，政界的进步派常拥有多数的友方报纸。

谈起过去的新闻记者，忧国之士居多。栗本锄云、成岛柳北、沼间守一等都是幕府的遗臣，他们诅咒萨摩②的统治，以报纸为武器发泄内心的烦闷，抒发更换政权的意气。福泽谕吉、福地源一郎、末广重恭等既是记者，同时更是忧国之士。但是，近代报纸杂志的经营逐渐变成事务性的工作，在报社供职的人中忧国之士越来越少。政治家把政

---

① 大隈重信（1838—1922），出身武士阶级，政治家、教育家。第八代、十七代总理大臣。东京专科学校（早稻田大学的前身）创始人之一。

② 江户时代，有萨摩和大隅两个国家。其中萨摩拥有包括现在鹿儿岛县全境、宫崎县西南部的领土。

党当作事务进行经营，报纸杂志也同样是按照事务性质经营，记者为了获得收入，随之也变成了事务的执行者。记者们与其说是为了忧国而工作，倒不如说成为了庸俗之士。更有甚者，原本是忧国之士为政治运动而发起的记者联合会，在记者性质逐渐变得事务性的明治末期，斗志昂扬的工作状态也逐渐减弱。

第二节　先行研究

在大众传媒还不发达的明治时期，报纸作为获取信息的手段之一，起着重要的作用。报纸是新闻记者自我表现的舞台。很多知识分子通过报纸这个媒介，进行自我宣传，并形成了自己的思想。政论记者、报道记者暂且不论，文学栏的记者是特殊的存在。在日本近代文学史上，许多文学家通过改行，走上记者的道路。明治末期，夏目漱石辞去东京帝国大学的英文系教授，任职于东京朝日新闻社，专心小说的创作。精通俄语的二叶亭四迷也就职于东京朝日，东京朝日校正部的末席还有诗人石川啄木。就当时的社会风潮而言，记者和从事写作的人，或者可以说记者和作家还处于未分化状态。

文学作品中描写的知识分子的命运，与知识分子创作的文学形态相关联，作为文学问题，值得深入考察。日本近代社会获得迅速发展，与日俄战争中日本的胜利关系密切。自此之后，日本的国际地位暂且安定，并开始加快追赶西欧国家及社会建设的步伐。而文学作品就是随着时代的发展，来展现不同时期的社会状况的。例如，明治二十二年（1889）2月21日，颁布《大日本帝国宪法》，而北村透谷（1868—1894）在《内部生命论》（1894）中把维新后的社会看做"生命思想与不生命思想的战争"。在基督教徒身上发生的"不敬事件"体现了"天皇神"和宗教的深刻对立，暴露了刚成立不久明治宪法的问题。国会选举迫近的时候，坪内逍遥创作的《一日元纸币的履历谈》（1889.2—1889.3），在生动描写试图步入政界的主人公的政治生活的同时，与之形成鲜明对比，与国家政治无缘的贫穷人的生活也进行了刻画。在实业方面，经济活动被四大财阀的各大银行和日本银行所控制。青森至上野、新泻至神户间的铁路竣工，主要干线开始运作，但在实业界、政治界，丑闻不断。军费占据国家财政的30%，内政的压迫成为政治斗争的导火索。成为最大出口产业的纺织产业，其职工的薪金只有欧美的八分之一到十分之一，贫富差距加大，"拜金主义"使社会畸形发展。在德富苏峰（1863—1957）的处女作《将来之日本》（1886）中，他主张明治社会应为"生产之世，平民之世"。近代社会逐渐成熟，兴办实业成为人们迫切关切的问题。福泽谕吉的《实业论》就是反映当时社会现实的著作。明治维新以后的社会，十之八九者志在仕途，如此一来，国家所需的有用人才分布不均衡。不能达成愿望者并非立即就能进入实业，只能在社会上彷徨。

同样，文学在一定程度上也能反映客观现实，明治四十年代新闻出版业初具规模，文学作品中随之也出现了反映新闻记者生活的作品。新闻记者的生活现实同样可以折射出明治时期知识分子的精神世界，为此，本书将研究对象限定在新闻记者这一类型的知识分子。在大众传媒还不太发达的明治末期，新闻记者成为社会批判的主体，通过客观反映新闻记者的小说，可以看出知识分子作家的内心世界。特别通过分析文艺栏作家创作的新闻记者题材作品，对理解处于明治末期知识分子作家的主体意识有所裨益。关于先行研究，根据笔者查阅的相关资料，关于作家的新闻记者经历的传记研究较为普遍，主要有《新闻记者石川啄木》、《朝日新闻记者夏目漱石》、《新闻记者夏目漱石》、《关于近代日本新闻记者制度化研究》、《代助和报纸——国民和非国民之间》等。① 而对明治小说中新闻记者的研究却很少见。或许与笔者调查范围有限有关，但当提及日本近代文学中的新闻记者这一问题时，多数人首先会联想到曾有过记者经历的作家，却很少对这类作品有深刻印象。确实，明治末期的小说中，对新闻记者的描写明显少于教师、学生、官员等类型的知识分子的描写。究其原因，这和新

---

① 工藤与志男、『新聞記者石川啄木』、こころざし出版社、1986 年 7 月，夏目漱石ほか、『朝日新聞記者夏目漱石』、立風書房、1994 年 7 月，牧村健一郎、『新聞記者夏目漱石』、平凡社、2005 年 6 月，河崎吉紀、『近代日本における新聞記者の制度化に関する研究：教育現象を中心に』、同志社大学博士論文、2004 年，小森陽一、「代助と新聞　国民と非国民の間で」、『漱石研究』10、1998 年 5 月。

闻记者的源头不无关系。人们在内心，对新闻记者的鼻祖"世间师"①抱有歧视和不信任感。并且由于民权运动的发展，有学识的知识分子对官报持有排斥、批判的心理。此外，明治初期小报纸的诞生，特别是这些小报所刊载的一些市井流言或丑闻等内容，引起了人们对其公信度的怀疑。日俄战争后，日本近代资本主义国家确立，为了加速产业化国家的建设，在实业兴国的潮流中，比起实业家、政府官员，新闻记者并不是让人期待的职业。具体到知识分子的类型研究，相较前田爱的学生研究、高桥和巳的高等游民研究、龟井胜一郎、小田切秀雄（特别是关于二叶亭四迷）等人的知识分子研究，对从事新闻记者这一职业的知识分子研究，特别是对作品中新闻记者形象的研究，还是一个几乎未曾有人涉足的领域。

而在国内，虽然日本近代知识分子问题受到众多学者的关注，但研究重点多集中在知识分子的政治参与度、精神分析及中国观，对文学作品中的知识分子类型研究尚显不足。我们从《日本大正时期政治思潮与知识分子研究》（陈秀武，2004）、《近代日本知识分子的中国革命论》（钱昕怡，2007）等著作中可见知识分子与政治的关联。而在《传统与超越：日本知识分子的精神轨迹》（吴光辉，2014）中，对日本知识分子的精神世界加以探究。在运用比较方法看待日本知识分子与中国的关联方面，我们透过《日本近代知识分子的中国观：中国通代表人物的思想轨迹》（刘

---

① 在这里，指靠行走江湖过活的人。旅人、江湖人。

家鑫，2007）、《他者之眼与文化交涉——现代日本知识分子眼中的中国形象》（吴光辉，2014）等著作便可有所了解。与上述研究者关注点不同，在《"文"与日本的现代性》（林少阳，2004）一书中，著者以"文"的概念为中心，着重探讨了从十七世纪到二十世纪日本的各种语言思想、文学理论以及文学实践。

无论在日本，还是国内，从上述论述都足见对新闻记者类型的知识分子研究不足。这多少反映出此类作品之少，同时，也可窥探出明治作家以及文学研究者的某些意识形态。新闻记者常被人们当作针砭时弊的权利者，理应作为批判型知识分子加以重点论述。但在夏目漱石和自然主义文学作家的作品中，他们仅仅被当作社会底层的生活者来看待，应该说这些作家笔下的新闻记者群像不同于以往日本近代小说中所描写的教养型知识分子。他们往往作为败北的生活者和精神的困顿者被客观地刻画出来，这其实体现了日本知识分子问题在文学上的深化和延续。这种教养型知识分子的精神世界在明治末期一般通过弱者形象得以体现。在这些作品中，比起"罪在时代"的客观因素，弱者的性格等主观因素也被突显出来，这对解读"有思想无行动"的近代知识分子的特质有重要提示作用。可以说，通过对具有话语权的新闻记者的弱者形象分析，更能理解近代知识分子所处的时代以及他们的内心世界。如果说透过代助这个"高等游民"形象看到了作家夏目漱石的苦恼，那么在石川啄木、广津和郎的知识分子形象的塑造里，我们同样也可看出他们混沌的内心状态，并试图找到新的人生方向。从这个角度来说，小说中的知识分子形象分享了作家知识分子的内心世界。在夏目漱石和自然主义文学作家正宗白鸟、岩野泡鸣的笔下，败北的生活者形象被客观写实地塑造出来，这也体现了作家们对人生意义等问题的思考。

因此，本书选取的作品中的新闻记者这类知识分子形象的描写，实际上体现了明治末期作家对于时代以及自身弱点的认识。作品中对于困顿的新闻记者这一形象的塑造，还反映出同为记者的作家们对从事新闻记者这一职业的不安。特别是随着新闻出版业转变为商品经营后，转职成为新闻记者的作家们，由于后援者的丧失，内心的不安也愈加增强。值得注意的是，在这些作品中，身为文艺栏记者的作家们，并没有描写文艺栏记者的生活实态，大都通过旁观者的视角关注社会记者、校正等人的生活。如此一来，在作家的自我身份认同上，就产生了偏差。但从另一个角度来看，作家通过作品中对社会记者的塑造，更表明了作家们试图从批判社会现实的角度上来理解知识分子这一问题。利用旁观者的角度来看待他人的生活，实际上也反映了作家的逃避态度以及使自己行为正当化所做的努力。而作品中"有思想无行动"的弱者的调和式生活方式，无疑也为作家们的生活方向起到很好的提示作用。因此，从这个意义来讲，分析这类作品中的新闻记者形象有助于解读明治四十年代知识分子作家的主体意识。作为日本近代知识分子的一个类型，日本近代小说作品中的新闻记者形象显然值得我们关注，也同样值得我们深入研究。

第三节 研究范围、方法与意义

本书试图通过细致的文本分析，运用历史和文献学的方法，在实证研究的基础上，对相关作品进行新的解读。本书并非不同时期作品中记者这类知识分子的简单的社会学意义的类比，而是期待通过对典型人物形象的分析，来揭示文学的自觉状态。就笔者查阅的相关资料来看，日俄战争前描写新闻记者的小说十分罕见，仅有《雪中梅》①（1886）、幸田露伴的《天打浪》②（1903），森鸥外的《舞姬》（1890）、《青年》（1910）等作品，而在这些作品中，关于新闻记者的描写可谓只言片语，不足以捕捉这一完整形象。明治末期是新闻出版业的巨大转换期，不论在报纸的经营策略上，还是在读者层方面，都发生了巨大的变化，出现了一些与新闻记者有关的作品，新闻记者形象也随之较多地出现在小说作品之中。这些作品主要有夏目漱石的《从此以后》（1909）、石川啄木的《我们的一伙儿和他》（1910）、岩野泡鸣的《流浪》（1910），正宗白鸟的《尘埃》（1907）等明治四十年代的作品。虽然本书研究的对象限定在明治末期，但为了兼顾研究的连续性，对大正时期

---

① 末广铁肠的政治小说，讲述了青年志士国野基参加自由民权运动的故事。该书1886年由博文堂发行。

② 幸田露伴最长的现代小说，用写实手法浪漫地描写了青春男人的爱恋及对事业的追求。1903年由春阳堂发行。

广津和郎的《神经病时代》（1917）也将有所涉及。当谈及作品中的知识分子问题时，通常涉及作家和作品中知识分子形象两个层面，在本书中，研究对象主要侧重作家的主体意识。

此类作品中大都描写了明治末期的青年知识分子形象。日俄战争后的明治四十年代，明治小说作家创作出众多青年知识分子形象。岛崎藤村的《春》（1908）、田山花袋的《乡村教师》（1909）、夏目漱石的《三四郎》（1908—1909）、森鸥外的《青年》（1910）等作品，与本书选取的研究对象不同，他们是由正步入中年的近代作家通过对青春的回忆，描述出青年自我觉醒后的苦恼和烦闷。但不论夏目漱石的《三四郎》，还是森鸥外的《青年》，都描写了有充分物质基础的有闲阶级的生活。他们虽然没有行动能力，却因理想而烦闷的事实被广泛关注。相对以上作品，过着贫困生活的新闻记者的精神世界则往往被忽视。这些作品中出现的新闻记者都是生活在社会底层的知识分子，他们往往过着困顿的生活。在新闻出版业发展为一种商业经营模式的时候，这些知识分子为了生存，把名声不好且地位低下的新闻记者作为暂时过渡性的工作。正因为这种不稳定性，所以他们内心经常深感不安。在明治实业发展的大潮中，相当一部分知识分子由原来关注国家转向关注个人和社会。他们大多渴望通过事业上的成功来实现自我。《流浪》中的田村试图通过创办实业得到社会的认同，但实业失败后使他处于边缘人的境地。而在《尘埃》中，人生的悲哀在日常生活中得以体现。通过小野老人这一形象的塑造，我们看到了因碌碌无为的人生而对生活产生倦怠的人物形象。《我们的一伙儿和他》中的高桥苦于认识和实践的无法统一，终陷入虚无。而如此过着二重生活的弱者形象在《神经病时代》中得到深化，意志力薄弱的定吉已经丧失了思考生活意义的能力。《从此以后》中，平冈在现实生活的摧残下，变成了胁迫好友的败德的新闻记者。但是具有新闻记者经历的作家在作品中并不仅限表达生活的困苦对知识分子的摧残，更试图表现此类知识分子的精神世界。在某种程度上，作家也共享了作品主人公的内心世界。通过刻画底层的新闻记者形象，表现了在丧失后援者的新闻出版业时代，知识分子作家内心的不安。通过这样的人物形象的塑造，也在揭示着不同人生方向的可能。在闭塞的时代，思想与实践的不统一或许是弱者存活于世的有效的生活手段。但他们内心又拒绝过类似作品中新闻记者生活的矛盾心理，加剧了自身的痛苦。

第一章　文学家与新闻记者

新闻记者实际上是受命于社会全体的言官。在繁杂的社会万物中，捕捉瞬时万变的社会形态，通过报纸这一媒介，如实客观地呈现在公众面前。特别是在针砭时弊方面，应将自身置于世事之外，保证做到公正的评判。新闻记者作为正直的言官，主要以阐述言论为己任，而这些言论的实行则由他人完成。在古代中国，士君子穷及一生所追求之事可分为道德、事业、文章三类。在道德方面有宗教家和儒者。在事业方面有工业家、商业家等。按照此种分类，新闻记者的价值就在于倾尽毕生通过文章来表达对世事的看法。而这种看法在明治初期报纸创办之初，主要指新闻记者置身局外、冷眼观世界、客观地进行社会批判。这一时期创办的私报不同于西方报纸，传递信息的功能较弱，像成岛柳北、沼间守一等新闻记者均为幕末遗臣，他们反抗萨摩的统治，以报纸为武器，抒发夺取天下的豪气。此后的福泽谕吉、福地源一郎、末广重恭等人均为关心时事的忧国之士。但随着明治八年（1875）新闻条例的颁布，国家严格管制报纸的言论，这也导致了代表明治政府利益的官报的出现。明治四十年代，新闻出版业日趋成熟，且以获取更多读者为目的的商品经营模式成为新闻出版业的主流。而此时版面的构成较之初期更为丰富，早期的社会评论依然作为报纸的第三版（社会新闻版）保留了下来。此外，随着文学的商品化，像夏目漱石、石川啄木、正宗白鸟等作家为了获得安定的生活保证，都成为了新闻小说家。他们供职于报社，主要负责文艺栏，在新闻出版业赢利的政策中，通过报纸这一媒介发表自己的作品，来获取更多读者的支持。在本章中，就文学家与新闻记者的关系进行论述。

第一节　新闻记者的定义

夏目漱石、石川啄木等人，虽然也在报纸上发表过《现代日本的开化》（1911）、《时代闭塞的现状》（1910）等富有真知灼见、洞悉社会的论文，尽管他们在当时社会是思想的先驱，但总体说来，他们仍然有别于早期具有批判精神的成岛柳北、沼间守一等人。或许称成岛柳北、沼间守一等人为"操觚者"者更为恰当。在绪论中我们已经提及"操觚者"这一词，相较"新闻记者"，这个词特指那些一身傲骨、具有强烈社会责任感的人。在创办报纸初期，新闻记者的定义更符合思想层面的知识分子定义。他们具有一定的文化素养，从事文笔事业，通过报纸挥斥方遒、指点江山。而处于明治末期新闻出版业中的夏目漱石、正宗白鸟等作家却少了那些"操觚者"身上的批判精神，成为了"中规中矩"的新闻记者。这一点，我们可以从他们创作的小说作品中所描写的普通新闻记者形象中看出。因此，本书中，所使用的广泛意义上的新闻记者定义：主要是指从事报纸新闻采访、执笔、编辑的人。从这个意义来讲，供职于报社文艺栏的夏目漱石、石川啄木、正宗白鸟等人应在本书的考察范围。除了石川啄木外，夏目漱石等大多数具有新闻记者体验的作家都不具有强烈的社会批判意识，他们在闭塞的时代里，凭借自己出色的文笔和学识，进行文学创作。在那些描写新闻记者的作品中，这些作家刻画了一批无行动的生活者形象。本书就这些具有新闻记者身份的作家的主体意识做一分析。在论述这一问题之前，有必要对新闻记者内部构成做一简要梳理。

仅就新闻记者内部的权力关系而言，主要执笔社会评论的记者相对会掌握更多的实权。因此，他们也往往会受到较多的关注。在明治四十年代，新闻出版业蓬勃发展，其中一个显著的标志就是新闻记者队伍的壮大。"在现代的日本，如果统计有记者头衔的人的数量，恐怕已达几万人了吧。仅东京就有几千人。其中说到杰出的人物，不是那么多，首先据我所见，从多数的记者中指出三杰的话，当属《万朝报》的黑岩泪香、《国民报纸》的德富苏峰、《日本》及《日本人》的三宅雪岭三人。"① 尽管他们各有千

---

① 石川半山、「東京の重もなる記者」、『明治文学全集91 明治新聞人文学集』、1979年7月初版第一刷発行、筑摩書房、390頁。

秋，但都具有指导一代人的思想，并且具备很强的写作能力，可以用适当的表达吸引读者。更为重要的是，他们都曾或多或少地参与政治活动，并提出相应的理论。但不论如何，即便是负责社论的新闻记者，也多出自于文学家。所谓"三杰"中的黑岩泪香便是其中的杰出代表。而文艺栏的新闻记者自不必说，大都从文学家转行而来。特别在明治四十年代，从事文学创作的人和新闻记者还处在未分化的阶段，更为他们的这种转行提供了可能。

第二节 从文学家到新闻记者

谈及文学家的转行原因，报纸这一媒介为他们发表文章提供了便利，使之可以获得更多读者，这固然是原因之一。但是，对于这些文学家来说，最为重要的还是为了获得安定的生活保证。明治初期，文学家作为一种职业尚未确立。而最早指出文学家生活难的是坪内逍遥，他在《文学与糊口》（1892）一文中就告诫人们，仅靠文学维持生计是愚蠢的行为：

"近来地方的文运渐开，杂志的发行，文学会的成立到处可见。想来这是明治文学发达的征兆。如此正合未来文人之愿望，其中有想通过文学致富、作为爱好欣赏文学之人，或者把文学看作一种新职业，是获取名誉、金钱、地位的最佳途径。这是一大谬论。不仅为本人不足取，也该为文学叹息。试想，即便在文运最兴盛、文士最得意的文化、文政时期，靠文学维持生计的著作家几乎没有。（中略）明治的今天，和那时不同，因为有报社这一途径，靠卖文糊口比以前容易，但所供有限，所需文章有限，如果要维持自己的见识，同时不失体面，获取相当一个月房租的稿费并非容易。"①

另一方面坪内逍遥还在《文学和报酬》中，分析了文学者的收入现状。"最高价的稿件 10 行 20 字也不超过 2 日元。"② 而小说类稿费最贵的当属福地樱痴的 10 行 20 字的 1 日元 20 钱。一般说来，14 行 35 字的稿纸 1 页 1 日元的价钱都算很好了（400 字约 82 钱）。因此他得出了这样的结论："要想把文学作为一种营生成立的时候，应该没有比成为报纸或杂志记者更好的了。"③ 但是因作者、报社大小等因素的制约，很难定一个大概的标准。其中以月薪 40、50 日元以上为佳，20 至 24、25 日元之间的报酬是众多文人所不屑的。因此，逍遥认为："文人和报酬之间应该不存在任何关系。"④ 明治二十年代，"思想的中心是政治。文学不仅被当作闲暇的游戏来看待，伦理学和哲学也是仅限于学者小团体的书房进行的游戏。如同科学一般，作为学习科目

---

① 坪内逍遥、「文学と糊口」、『早稲田文学』、1892 年 9 月号、23 頁。
② 坪内逍遥、「文学と報酬」、『早稲田文学』、1892 年 12 月号、16 頁。
③ 坪内逍遥、「文学と報酬」、『早稲田文学』、1892 年 12 月号、16 頁。
④ 坪内逍遥、「文学と報酬」、『早稲田文学』、1892 年 12 月号、18 頁。

仅在学校教育中可看到。除真正少数的读书阶级涉及政治论外,一般社会和所有的思想无缘,如学术文艺般,除了作为游戏,连聪明的有识之士也不会顾及。"① 到明治四十年代相当长的一段时期内,在文学成为商品之前,在作家自身的意识里,就有着杰出的作品不为生活而作的想法。因此社会也拒绝给文学家相应的报酬。过去"文人自身主张'我不为米盐之资创作尚可,'但社会往往称'大文学不为面包而做',而忽略文人的待遇是极为不妥的言论。今日社会因经济关系使然,士农工商任何职业的人都肆无忌惮地谈论生活的根本——米盐之资。唯独文人谈及这些被视为卑俗。宛若只有文人没有权利追求劳力的报酬。文人自身也把主张理所当然的权利视为庸俗,如此,他们是把过去的志士、隐遁者的生活做为榜样。"②

诚如内田鲁庵所述,在明治二十年代,文人自身并不以饱受社会的蔑视为苦。文人的生活是另外的世界,"他们夸耀自己学识渊博及洒脱,把不与社会接触看作是理所当然的生活。"③ 以上坪内逍遥等人对明治二十五年(1892)

---

① 内田魯庵、「二十五年間の文人の社会的地位の進歩」、千葉俊二、坪内祐三、『日本近代文学評論選 明治・大正篇』、岩波書店、2007年8月第五刷、194頁。

② 内田魯庵、「二十五年間の文人の社会的地位の進歩」、千葉俊二、坪内祐三、『日本近代文学評論選 明治・大正篇』、岩波書店、2007年8月第五刷、199頁。

③ 内田魯庵、「二十五年間の文人の社会的地位の進歩」、千葉俊二、坪内祐三、『日本近代文学評論選 明治・大正篇』、岩波書店、2007年8月第五刷、201頁。

作为经济活动的文学状况的分析，是否也适用于明治四十年代呢？对此，我们以石川啄木为例，进行考察。在石川啄木的日记、书简中，记录了他自身通过文学谋生、立志成为小说家的艰难过程。1908年4月，石川啄木辞去钏路报社的工作，只身来到东京。此时，石川啄木在书简中写到："小生怀着愉悦的心情来体验文学的命运。"① 紧接着在此后的书简中，他也表达了同样的决心："无论如何，我都决心去东京体验自己的文学命运。"② 他所说的"文学的命运"，无非是指在东京发表小说。1906年，岛崎藤村发表其代表作《破戒》（1905），这显示了文坛由诗向小说的发展，以及自然主义文学的兴盛。然而在文坛兴盛时期，石川啄木的《有明集》（1908）只卖了600部。固然，啄木的此次失败和他的无计划性、对现实认识不足有关，同时与文坛的中心自然主义文学产生的偏差也影响了销量。但从"文学市场"这一大环境来考察的时候，我们发现并不能把啄木的失败简单地归结在他自身的问题上。啄木的失败与他所面临的经济不景气有关。这种不景气始于1907年1月的股价暴跌，并持续到大正四年（1915）的一战时期。关于日俄战争后的出版状况，诚文堂新光社的小川菊松谈到："文学读物或者通俗小说，所谓的面向大众的读物，初版1500册，勉强能售出，但因一般读者的读书能力低下，不

---

① 向井永太郎宛の書簡、1908年4月14日、『石川啄木全集　第七卷書簡』、筑摩書房、1979年9月初版第一刷、186頁。

② 森林太郎宛の書簡、1908年5月7日、『石川啄木全集　第七卷書簡』、筑摩書房、1979年9月初版第一刷、197頁。

能寄予再版希望。"① 当时，除了以月薪 200 日元破格条件进入东京朝日新闻社的夏目漱石，及担任陆军军医高官的森鸥外以外，当时的文学者大都过着较为贫困的生活。例如，岩野泡鸣就是因为厌倦了微薄的稿费生活，才到桦太尝试罐头制造业的。岛崎藤村的《破戒》的自费出版在一定程度上也反映了当时文学者的经济困境。因此，如果要把文学当作一种行业经营的时候，当时就只有成为报纸或杂志的记者。岛崎藤村在《著作和出版》中提到："回顾自己的浅草新片町时代②。谈到自己周围的人，或者和报社相关、或者任教、或者从事杂志的编辑工作。没有工作的人几乎没有。单独从事创作的人仅两三人。我常想这已不是靠自己的笔能养家糊口的时代。"③

显然，在明治四十年代，在报社供职不仅能为自身的创作提供便利，获取更多的读者。更重要的是可以获取相对安定的生活。尽管除了夏目漱石等极少数人能够获得优厚待遇外，多数文学者并非都能得到十分理想的经济待遇，但对石川啄木来讲，比起"拼命写，每月 30、40 日元"④的稿费生活，以校正身份进入东京朝日报社后，他除了 25 日元薪酬外，加夜班一次 1 日元，根据情况月入在 30 日元

---

① 小川菊松、「一四　春陽堂本に迫った一群」、『出版興亡五十年』、1953年 8 月、56 頁。

② 具体指 1906 年 10 月开始到 1917 年 3 月的一段时间。

③ 『読売新聞』、読売新聞社、1925 年 5 月 25 日。

④ 宮崎大四郎宛の書簡、1908 年 5 月 2 日、『石川啄木全集　第十巻書簡』筑摩書房、1979 年 9 月初版第一刷、194 頁。

以上。由此可见，报社的收入还是相当可观。

这一时期借由报纸、杂志等媒体的壮大，文学家作为一种职业开始确立，文学已不再是业余爱好。自明治四十年（1907）起，以当时的总理大臣西园寺公望为中心，举办了包括内田鲁庵等文学家参加的"雨声会"，并且在明治四十四年（1911），由文部大臣统筹的文艺委员会以"奖励文艺"为原则而设立。此时，文学可以说已经上升到了国家事业的高度。"不用说，即便今日文人的生活还是相当困难，但在二十几年前在报社内部文人的身份极其低微，如尾崎红叶般成名后进入读卖报社，也绝没有受到礼遇。并且文人为了生计，忍受着微薄的收入，除了当新闻记者外别无他法。像如今成为靠稿费生活的投稿家完全不可能。偶有两三人靠著述的成功获取丰厚的资产的例外，即便文坛的幸运儿，也决不可能像如今仅靠零碎、片段式的文章就能换得生活来源。"① 在此，内田鲁庵揭示了文学家和新闻记者的联系。事实上，文学家多是通过报纸投稿，最终走上新闻记者道路的。在明治四十年代很长的一段时间内，从事写作的人、或者说小说家和新闻出版业从业者还处在尚未分化的阶段，这使得许多文学家通过改行，走上新闻记者的道路。而他们身上所具有的才能也使他们转行成为可能。"各种著述杂志、报纸记者或者特别新闻的记者，最

---

① 内田魯庵、「二十五年間の文人の社会的地位の進步」、千葉俊二、坪内祐三、『日本近代文学評論選　明治・大正篇』、岩波書店、2007年8月第五刷、203頁。

胜任的无非是那些受过教育、且有文才之人"①，"新闻记者如不具有博学多识、德高望重的特质以及报纸编辑的常识，今后的报纸将不能获得成功。"② 从上述言论中便可窥见一斑。具体到文学作品中，《尘埃》中的"我"和《流浪》中的岛田，都是从文学爱好者转行成为新闻记者的典型。

博文馆在杂志经营上所获得的成功，也为作为生意经营的杂志获得了很好的存在理由。由此，所有出版业者都奋起发行杂志。随之，可供文人活动的舞台显著增加。文人可以不必像早前那样殚精竭虑地著书，如今靠习作似的稿件、片段式的文章就可以生活。文人在薪酬方面不必被微薄待遇所束缚，如今可以自由愉快地获得生活来源。

"今日之文人，已能够丰足地生活。即便建造不了气派的门院，也不必羡慕其他小职员的生活。也有公民权和选举权。今日已非过去事必谦恭的'落伍者'、'败北者''见不得人的人'，如今可以公然昂首阔步。即便今日文学与其他职业相比，并不是那么受欢迎，但现在已经仅仅是当作没有利益的工作看待而已。"③ 毫无疑问，进入报社或杂志社工作，为作家们提供了有力的生活保障和足够的创作空间。例如，此时朝日新闻社就有了可以完全不上班的社员，在印度洋去世的文坛大家二叶亭四迷（长谷川辰之

---

① 無名氏、『新聞記者』、文声社、1902年、75頁。
② 無名氏、『新聞記者』、文声社、1902年、289頁。
③ 内田魯庵、「二十五年間の文人の社会的地位の進歩」、千葉俊二、坪内祐三、『日本近代文学評論選 明治・大正篇』、岩波書店、2007年8月第五刷、205頁。

助）就是此类不必上班的职员。夏目漱石，飨庭篁村，半井桃水，武田仰天子也是此类不必上班的社员。针对大报社的优惠待遇，"有人说朝日是文人的墓地，因为如此优待文人，使他们不缺衣食之资，文人也渐离文坛。"①

第三节　明治四十年代的新闻出版业

尽管新闻出版业的确立和发展，使从事文学创作的人获得了相对安定的生活保证，但同时也使他们陷入了最大的精神危机之中。明治末期，"知识分子危机的最大原因，可以说就在于后援者的变迁。从比较安定时代的宫廷、寺院、武家、批发商，到明治时期，后援者因变成新闻出版业而消失。"② 知识分子一边在内心中找寻着庇护，一边为生活奔波。明治时期，新闻记者地位低下。尚未设立新闻记者资格考试制度，由政府来保障他们的生活。所以为了提高记者的地位，有识之士多认为应该像给予律师、医生那样颁发资格证书，以便使新闻记者能获得与实力相当的报酬，如此一来，他们就无须寝食难安地工作。但新闻记者的录用都是按照每个报社的内部规定，无须再通过国家这一公开的制度来约束。要提高新闻记者的品格，只要每

---

① 「サンデー」第38、39号、1909年8月15、22日、『明治文学全集91 明治新闻人文学集』、东京朝日新闻社、385頁。

② 龟井勝一郎、『知識人の肖像』、角川文庫、1954年11月初版发行、44頁。

位记者重视自己的天职即可。

明治前期,"大报纸"和"小报纸"分别拥有上等社会和下等社会的读者。而所谓"上等"和"下等"的区别就在于文化水平(当时特指读写能力)的高低。但西南战争①之前,日本社会的文盲率还很高,所以在一般庶民中,能理解小报纸的也仅限于受过私塾教育的人。西南战争后,人们对报纸信息的需求增加,加之价格便宜,在民营纵览所②也摆放着小报纸,因此,小报纸在大都市读者的比率逐渐日益增加。而《东京朝日》就是小报纸的杰出代表。明治三十年代前后,以甲午战争中的信息竞争为契机,各报纸开始重视报道。沿袭了《大阪朝日》的编辑方针,在明治二十年代初创刊的《东京朝日》迎来了绝佳的发展机遇。进入明治三十年代,《东京朝日》实行了与《大阪朝日》相同的编辑体制和内容的改革。其中新设物价附录,采用两版制的改革意图,无非是试图通过提高经济信息的量和质,来满足工商读者层。从《东京朝日》的读者层结构来看,其读者群体以商人为中心,其读者数量明显超出学生、士兵等阶层。在当时,报纸读者层最大的基础就是工商读者层。《东京朝日》以《大阪朝日》为坚实的后盾,在关西方面的商业信息的报道,远远超出东京其他报纸。在迅速且丰富地报道关西经济信息上,受到了关东工商读者的欢迎。

---

① 1877年,在如今的熊本县、宫崎县、大分县,发起的以西乡龙盛为盟主的士族叛乱。

② 1872年开始,在东京各地,建立起只要点一杯热牛奶就能看报纸的场所。

虽然在报纸小说和娱乐报道方面，《东京朝日》曾受到读者的严厉批评，但对经济报道的要求和批判却十分罕见。足见在实业潮中，《东京朝日》的经营策略稳固了中小商人读者层。

进入明治四十年代，报纸除了固有的商人为主的读者外，更重要的是要吸引知识分子读者（主要指学生）。作为朝日新闻报社的"招牌"的夏目漱石，尽管被报社置于真空环境中，使他能把读者的意向束之高阁，专心于文学创作活动，但作为企业的经营行为，写作者又不能不意识到新闻读者的存在，读者购买报纸的行为背后，实际上蕴涵着其作为生活者的多层意识。因此，夏目漱石也必须考虑到作为生活者的报社读者的存在。而且，随着报纸发行量的激增，过去莫说小说，连报纸也不看的人也大量涌入读者行列。当时，漱石面对这样的报纸读者究竟具有怎样的意识，目前从资料上去探寻已相当困难，断不敢轻易论之。但从当时报纸所设的读者来信栏"三面小话"① 中也可窥探其中一二。这种读者来信栏自1907年4月1日设立到7月中旬仅仅维持了四个月。原本是投稿者局限于读者，并且从"三面小话"这一题名就可知是对三面新闻进行的投稿，反映读者的意识也有所局限。但从4月到7月约4个月的时间内，对报纸提出批评的来信共计刊载了79封。主题多种

---

① 刊载社会新闻的版面。其中"三面新闻"一词据说来源于1892年11月1日创刊的《万朝报》，因当时把一张报纸对折后只有四页，在第三页刊载社会新闻，即使后来页数增加，还是在第三页上刊载社会新闻。

多样，大体可分为各种要求的来信及对现状的不满、批判和叙述一般感想的来信。其中最多的是对《东京朝日》表明各种希望要求的来信，有51封（64%），批评的来信有20封（25%），而没有表明意见和感想的来信8封（11%）。

在读者的各种要求中就有对小说的要求。直接提及文艺栏的夏目漱石及他的小说，且对他寄予希望的信件就有10封。从这一点就可看出夏目漱石受关注的程度。其中有4封来信表达了对漱石作品的期待，2封希望漱石担任英文栏编辑。而且，"请贵报小说栏上刊登古代小说"、"我很喜欢英雄传记，恳请刊载描写古人英勇的小说"等期待时代小说、英勇小说的意见也屡见不鲜。读者对小说的希望，表达出两种读者的意识：一类是对夏目漱石充满期待的文学爱好者，另一类为期待时代小说、评书等读物的读者群。而这两者恰恰是期望不同类型的新闻小说的读者。

而这些要求新文学形式出现的读者主要为有教养和学识的知识分子读者。甲午中日战争前，知识分子主要阅读独立报纸①和政论报纸。像《日本》、《国民》等报纸的读者，主要为因学制的普及而增加的新兴知识分子和论客、志士，以及不屈服尘世的传统型知识分子。而像《报知》、《每日》等民党系列的报纸和《东京日日》等政府系列的报纸，新兴知识分子并不爱读，仅为少数被资本社会同化的传统型知识分子所支持。但是在知识分子阶层中，传统

---

① 如《东京电报》等用经济栏来充实报纸的经济报纸。

型知识分子所占比例很低，他们大多对具有强烈政论色彩的报纸感到失望。以甲午中日战争为契机，知识分子读者特别是新兴知识分子期待报道新闻的报纸出现。因此，具备这一特征的《时事》、《东京朝日》逐渐将他们纳入了自己的读者层。此外，知识分子读者并非都具有很高的政治意识。其中，既有对文学感兴趣的人，也有爱好美术之人。而上述这些知识分子大都喜欢阅读文学报纸或《读卖》。正因为文学青年较多，《读卖》被称为"面向男女学生的报纸"①。伴随产业革命的推进，对"社会问题"较为关心的进步知识分子都支持《万朝报》。《万朝报》中有在青年中极受欢迎的幸德秋水、内村鉴三、堺枯川等人，其后黑岩泪香也进入该报社，他除了撰写小说外，也论及人生问题。在当时，《万朝报》已经幻化为一个精神团体。恐怕这也是成为学生报纸的理由之一吧。

中日甲午战争以后，知识分子阅读的报纸也呈现出朝政论报纸、文学报纸、报道报纸、三面报纸等多元化发展趋势。但以日俄战争为分界，报纸集中在报道报纸上的一元化倾向加强。由战况报道来评定各报纸间的优劣，重新对报纸渴求"不偏不倚"的报道活动的知识分子读者，此时开始订阅《东京朝日》、《时事》，替代他们以前阅读的政论报纸、文学报纸。对此，小泉信三如是回想："《朝日》成为日本的知识阶层必读的报纸，是从何时开始呢？在我的记忆中，仍然是夏目漱石的入社（1907），作为大事之

---

① 『中央公論』、中央公論社、1901年11号、34頁。

一，印记脑海。"① 文学青年渴求出现替代自然主义文学的新文学形式，也成为《东京朝日》的读者，《东京朝日》在明治末期可以说是面向知识分子的最有力的报纸。伴随着《东京朝日》文学活动的正式开展，《读卖》的市场被剥夺。另外，进步的知识分子读者在《万朝报》转向后，② 一部分流向《平民》（1903.11—1905.1）等社会主义报纸。报纸《平民》废刊后，可推测出读者主要是被《东京朝日》所吸收。对于这些读者来说，没有可读的报纸，只好接近该报。③

受教育程度高的一部分知识分子读者，显现出渴望多种文学形式的需求。因此，这些读者的批判并不止于小说。"用一艺人的技艺来填满报纸，对我们贫困读者来说，实在麻烦。"④ 读者的这一言论显然是针对偏重娱乐报道的批判。此类读者排斥大众小说，要求阅读"论文或者是诗歌"，要求能够替代娱乐报道的珍贵版面。批判型知识分子读者的报纸观，明显向尖锐的政治评论或文学水准很高的小说倾斜。相对而言，他们更钟爱新鲜度很高的报道及公正无私的评论。由此，显示了知识分子读者的增加。

---

① 『週刊朝日』、東京朝日新聞社、1958 年 5 月 14 日。
② 日俄战争开始之初，《万朝报》主张"非战论"，但开战后，主编黑岩泪香也随舆论导向转向主战论。为此，坚持非战的幸德秋水、堺利彦、内村鑑三等人退社，以此为契机，报社开始衰败。
③ 山本武利、『新聞と民衆』、紀伊国屋書店、1994 年 1 月 25 日第一刷発行。142 頁。
④ 『東京朝日新聞』、東京朝日新聞社、1898 年 11 月 23 日。

《东京朝日》"三、五面虽多闲文字，但购买的读者应该不少。"① 但因为经济新闻优先，所以在这张报纸上看不到类似其他报纸的各类娱乐新闻。不过，为了应对读者的各种要求，报纸不是向一个方向扩张，而是向各个方向扩散。所以，也就产生出具有不同志向的读者群。这些读者对他们所中意的报纸抱有天真的想法，希望报社就某个栏目进行改版，于是不同的读者群围绕报纸的方向展开争论，产生了对立意识。而在对《东京朝日》的批判、不满的来信中，这种读者群体的对立意识更加明显。在"三面小话"中的报纸批判来信中，可以窥见因对某报纸固有的印象，读者持有对现状批判、不满的倾向。尽管来信者不尽相同，但他们都表明了希望报社向同一方向转变。那就是《东京朝日》应该是"实业报纸"。进而他们又把文学新闻当作无用的实业新闻来批判。例如："我等长年爱读的'朝日'是实业报纸，必须击退文士"②、"报纸上非空谈之教场，拒绝疏离社会实业文士之空谈。应刊载奇闻逸话、实业家成功之动机谈、医家论"③ 等批评常见诸于报。投稿者在这里所说的"实业报纸"，含有不同的语意，它不仅指包含工商业等经济新闻，而且还指与政治、社会等各个领域实际利益相关的实用报纸。与之相反，"非实业"是指"文士"们的空想空论、"文艺趣味"的新闻。从"小

---

① 雜誌『太陽』、博文館、1900年7月号。
② 『東京朝日新聞』、東京朝日新聞社、1907年5月9日。
③ 『東京朝日新聞』、東京朝日新聞社、1907年5月17日。

说不是报纸，小说的单行本另外有读者，用小说来填补两个版面究竟为何？"①等来自读者的意见中，可看出部分读者对小说的排斥。而此时，正值夏目漱石的《文艺的哲学基础》和《虞美人草》连载时期。虽然读者的意见中没有指名道姓，但不难想象这种意见事实上涉及夏目漱石的文学论和小说。

与此同时，沦为俎上的还有"三面小话"栏目其本身。其中有读者认为"信口开河和不负责任的指责都会很大程度上损害报纸的格调和公家态度"②。在这里可看出读者将报纸作为公家的意见和报道的媒体，认为报纸不应该刊载日常的个人感想。这是当时较为普遍的报纸观。当然，在报纸转型期，读者的报纸观是多元的，既有"实业报纸"观念的通行，也有将报纸视作有"品格"社会言论报道媒体的看法，还有对轻松阅读媒体出现的期待。

有"品格"的"实业报纸"这种报纸观出现的时候，已经不存在政论一边倒的情况。报纸的经营一切都以曾经凭智慧制胜的高级大报纸为样板。因此很多读者都希望阅读像大报纸那样的实业报纸，在此背景下，产生了众多"反文学"的读者。夏目漱石的小说在报刊上的刊载，如果从新闻出版业发展的脉络来看，其目的无疑是为了摆脱小报纸的固有形象，吸引知识分子读者。诚然，爱好漱石文学的知识分子读者存在一定数量。但至少从以上的读者来

---

① 『東京朝日新聞』、東京朝日新聞社、1907年6月23日。
② 『東京朝日新聞』、東京朝日新聞社、1907年5月26日。

信栏可看出，知识分子读者的大部分流向了"反文学"这一方向。

从读者来信栏中可以看出，当时报纸读者的意识至少可以分为两类：一类是在报纸趋于日常化的当时，希望新闻能够多样化。而另一类则是那些特别希望报纸"实业"化的读者群，他们对文学者的"空理论"抱有很强的反感。漱石也十分清楚自己所处的环境，在他的随笔《玻璃窗中》如是说：

> "我忧虑那样的文字，在忙碌的人的眼中大概很无聊吧。在电车里从口袋中取出报纸、注视着硕大铅字的购阅者面前，把我闲散文字填满版面给他们看，感到难为情。这些人在小偷、杀人等每天所发生的事件中，自己认为重大的事件，或者除了能相当刺激自己神经的辛辣新闻外，不认为有订阅报纸的需要，因为时间没有富余。——他们在车站等电车的时候，购买报纸，在乘车期间，获悉昨日社会之变化，在到达机关或公司的同时，繁忙到必须完全忘却口袋中的报纸上所载之事。而我却不顾只能在有限时间内获取自由的人们的轻蔑，进行创作。"①

---

① 夏目漱石、「硝子窓の中」、『現代日本文学大系17 夏目漱石集（一）』、筑摩書房、1968年10月25日初版第一刷、364頁。

在夏目漱石看来，他所创作的小说不过是同杀人、小偷等新闻一起填满版面的一部分。而且，当时确实存在排斥"排列闲散文字填充版面"的文学栏的读者意识。可以说，漱石的小说就是不顾现实社会中"轻蔑"的眼光而创作出来的，所以漱石也必定会时常内省自身文学的存在理由。当然，这种来自现实社会的眼光在何种时代或许都存在。但明治末期的报纸媒体正处于巨大的转型期，漱石所说的在等电车的时间阅读报纸，或许在如今是习以为常的光景，但在大约一百年前的明治社会，确实是新奇的现象，所以那种轻蔑的眼光显得更加刺人。

但是，夏目漱石作为报纸小说作家，他不仅对自己所处的环境有所自觉，而且是在"轻蔑"的视线中继续经营着自己的文学事业。明治末期的报纸媒体对于夏目漱石来说，是不稳定的，并非是他应该进入的场所。漱石的文学通过明治末期的报纸，获得了不少热心的读者，这是无须质疑的事实。但是，他的报刊连载小说曾经被当做"空说教"而遭到排斥，也同样是历史的事实。尽管如此，夏目漱石仍然不顾他者的轻蔑而继续进行自己的创作，并把这些"闲散文字"同杀人事件、实业新闻罗列在一起。漱石的新闻小说就是在这种紧张关系中得以成立的。

但明治前后期，报社、记者对读者的态度也是不尽相同的。明治初期的报纸以及记者不是把读者当作消费者，而是把他们看作报纸共同体的一员。特别是对那些经常投稿的读者，报社和记者都把他们当作报刊的同人来看待，与这些读者有一种伙伴意识。因此，报社和记者十分欢迎投稿的读者的参与。到了明治中期以后，读者参与的时代转变为排除读者的时代。这与报社推行企业化、商业化的过程有关。而政府对于报纸的管制和读者报纸观的转换，又推进了报纸的企业化。伴随着报社的企业化，报社内部的分工化、机构的官僚化也应运而生。在此过程中，投稿者往往会被记者蔑视为外行，读者失去了曾经与记者相同的同等地位。而报纸条例、报纸法中又规定了认可报纸的正误程度和辩驳权的条款，这可以说是报纸的记者观转换的象征。此时，在营业上，读者被当作商品购入者、消费者，被剥离开来。在编辑上，记者往往被看作是收集、处理情报的接受方、收容者。时至明治后期，读者的接受方式和记者的传递方式都决定了读者和记者的乖离。正因为如此，读者意识到自己作为接受方的存在地位，便逐渐失去了反馈报纸，参与其中的热情与愿望。而报纸则屈服于权力，在与权力的斗争中经常败北，这些都减少了读者参与其中的意愿。日本人历史上与生俱来的对权力的无条件屈服和官尊民卑的思想，连同报纸的企业化、"不偏不倚"化和体制化，都导致了投稿活动的停滞。

因此，报社这种对读者态度的变化也影响到新闻小说作者身上，新闻小说作者也逐渐显现出对读者要求麻木的状态。日俄战争后，在《东京朝日》、《东京日日》等报纸的一部分报道中，从1906年至1907年的一段时间里，明信片投稿栏曾一度繁荣。尽管寄来许多意见，但充其量是为了满足战争中填补扩大的版面，以及满足读者的多样化的信息要求。而事实上，明信片投稿栏是被记者们所轻视的。

这从当时就职于《东京朝日》的夏目漱石和杉村楚人冠的发言中可以看出。当社会形势紧迫的时候，需要报道的社会信息量也随之增加。此时，明信片投稿栏是最先被削减的对象。漱石在1908年6月7日给《东京朝日》记者涩川柳次郎（玄耳）的信中这样写道："昨日关于明信片投稿，听到诸多事情。据说文人间，经常有人为了诋毁他人的作品，褒奖自己的作品而投稿。（中略）因此对于今后的投稿，我认为不论赞成与否，最好都不要太重视。"① 而楚人冠在《最近报纸学》中说："我在日俄战争后，在朝日新闻募集关于和平的投稿时，担任筛选一职。在数以千计的投稿中，完全不成文的过半，几乎都需要改写。"② 由此可看出，读者的意见逐渐被忽略，这一社会现状恰反映了当时读者的地位。

明治末期，文学家的地位有了改善，但并没有作为职业确立起来。一些文学家们为了改变生活状况，成为报纸文艺栏的记者。尽管他们获得了安定的物质基础，但因为明治末期的新闻出版业以商品经营模式为主，报纸和作者之间实际形成了企业主和雇佣者的利益关系，况且，这时期知识分子的后援者也因新闻出版业的营业政策而消失，因此他们的内心仍然是惶恐不安的。因此，身为文艺栏的新闻记者的文学家，就必须意识到读者的需求。然而在明

---

① 『漱石全集』第14卷、1966年、岩波書店、585—586頁。
② 楚人冠「最近の新聞学」、『楚人冠全集』第13巻、日本評論社、1938年、263頁。

治末期实业大潮中,"反文学"读者的存在更降低了夏目漱石等作家的存在感。虽然在日俄战争后,报纸和读者的紧张关系趋于缓和,但身为新闻小说的作者,他们仍然必须无时无刻地意识到读者这个无形的因素。

第二章　败北的生活者

　　德富苏峰在大正五年（1916）的著述《大正的青年和帝国的前途》中，把当时的青年分为"模范青年"、"成功青年"、"烦闷青年"、"沉溺青年"、"中正青年"等几个类型。而在三宅雪岭看来，明治末期的日本青年应该主要分为实业青年和文学青年两种，前者爱读"实业杂志"，梦想出人头地。后者虽是少数的文学从事者，但却具有敏锐的头脑和先进的思想。他们容易刺伤同类的性格以及怀疑颓废的倾向妨害了他们在事业上的成功。在岩野泡鸣的《流浪》中，就描述了试图通过转行来实现出人头地梦想的新闻记者形象。本章将通过这一人物形象的分析来揭示明治末年文学作品中此类新闻记者的特点。

第一节　失败的实业家——以作品《流浪》分析为例

一、"立身出世"的时代风潮

在日语中，"立身出世"一词是出人头地之意。它多与"名利"、"富贵"等词联系在一起。"名利"即"名闻利欲"，是指对金钱和地位的欲望，以及因其智慧和心灵而想要获得较高评价的愿望。实际上"立身出世"、"富贵"等和名利相关的词汇，并非产生于日本文明开化时期，在江户时代就开始被使用。但在不同时代，这个词的使用方法和内涵呈现出较大的差异性。

虽然在江户时代，"立身出世"或者"出世立身"就曾被当作一个完整的词汇来使用。但是在多数情况下，"立身"和"出世"这两个词都是被单独使用的，并且分别被用在武士阶级和商人等庶民阶级身上。之所以有这种差别，是因为武士的身份文化来源于儒学。在《孝经·开宗明义》中有"立身行道，扬名于后世，以显父母，孝之终也"的说法，可见"立身"是作为儒学用语来使用的。商人使用"出世"一词，源于他们的佛教身份文化。"出世"原指佛为救众生现身于世，抑或表达超脱世俗之意，因此它是佛教用语。不但这两个词分别用于不同阶级，且它们所表达的内容也不尽相同。在《商人的平常办法》中有如下描述：

"把武士比父辈获得更多的'知行'① 称作'立身',而把商人所继承的家族金银财产增加叫作'孝行'。"②

在这里,"知行"的增加是武士"立身"的内容。扩展家业、增加财产是商人的"出世"。而农民的"出世"则以增加田地家产来体现。如此,野心由身份而分化。"对野心和欲望的追求,只有通过努力经营家业获取成功的途径,才比较现实。"③ 不同于明治时期这两个词的用法,无论"立身",还是"出世",在江户时期并没有被赋予积极的价值。由于江户时期是等级森严的身份社会,所以安分守己,做与身份相适应的事情被当作当时的社会规范。超越身份的欲望或是非分之想都被看作是不道德的。因这种"分限思想"④,庶民过奢华生活的愿望和出人头地的欲望被抑制。贫富贵贱由天定,是不应该追逐的。而且,在当时除了做养子这一手段外,一般人并没有其他方法可以实现社会地位的上升。

时至明治初期,人们可以自由选择职业和居住地,并

---

① 在这里,读音为"tigyou"、在中世、近世把直接管理领地和财产称作"知行"。特别是在近世,幕府或是藩主把土地作为俸禄交给家臣。

② 原文:「武家様方に親御にまさりて知行を加増せらるるを立身といふ、町人とても親の譲りたる、金銀家財を多くするからは手がらなり孝行なり。」茂庵、「町人常の道」、『通俗経済文庫 1』、日本経済叢書刊行会、1916 年、22 頁。

③ 姫岡勤、「封建道徳に表れたわが近世の親子関係」、『家族社会学論集』、ミネルヴァ書房 1983 年、第 16 頁。

④ "分"为士农工商的身份,"限"为与自己身份对应的衣食住行的限制。

且也可以自由移动，加之明治五年（1872）的学制制度中所提及的"学问是立身之本"，于是掀起了靠学识出人头地的时代风潮。这一时期，完成了由对情欲和官能的压抑到解放的时代过渡。对富贵的欲求，被看作有助民权扩张和国民富强，被赋予积极的意义。在这样的潮流中，《劝学篇》和《西国立志编》[①]也成为明治初期最畅销的书。特别是宣扬只要努力奋斗就有可能出人头地思想的《西国立志编》，直到大正时期还被人们广泛阅读，其发行量更是超过原书的发行国——英国的25万册，已逾百万册。

在此社会背景下，武士、商人、农民等阶级的这种"立身"和"出世"的分别使用现象逐渐消失。"立身出世"不仅被当作一个完整的词来使用，而且还被赋予了具有时代色彩的理想价值观念。当然，并非所有的人都把"立身出世"主义精神化，不过从此开启了一个立志成功于广阔世间、梦想衣锦还乡的时代，这确是一个不争的事实。岩野泡鸣的代表作品《流浪》就是在这样一个"立身出世"的时代风潮中，描写了处于实业大潮中的新闻记者形象。

二、《流浪》的创作背景

《流浪》是作家岩野泡鸣于1910年3月10日开始创作的首部长篇，历经70天，于同年5月20日完成，最终由东

---

① 《西国立志编》是中村正直（1832—1891）于1871年翻译英国作家斯迈尔斯（1812—1904）的《自助论》。（Samuel Smiles、*Self-Help*：*With Illustrations of Character*，*Conduct*，*andPerseverance*，London，1859）

云出版社发行。

要充分解析《流浪》这部作品，首先就必需对《流浪》创作时期的岩野泡鸣的生活状态做一考察。岩野泡鸣的文学出发点是诗。在此之前，已经陆续发表了第一诗集《霜露》（1901）、第二诗集《晚潮》（1904）、第三诗集《悲恋悲歌》（1905）、第四诗集《夜晚的杯盘》（1908）。在此过程中，建立泡鸣哲理基础的是他的第一评论集《神秘的半兽主义》（1906），而作为其思想发展的续篇则是1908年发表的《新自然主义》。此后，岩野泡鸣以自己桦太、北海道的流浪体验为基础，创作了《悲痛的哲理》①（1910）。另一方面，他对诗论、自然主义的表象主义研究等方面也有涉及，并于明治四十年（1907）发表了《新体诗的作法》。

在《晚潮》和《悲恋悲歌》的合集《泡鸣诗集》（1906）出版后，他从原来的浪漫主义的神秘倾向转变为自然主义倾向，并展开了自然主义的表象诗论。这也就是所谓的从"神秘的半兽主义"到"新自然主义"过渡时期的思想转变。此时的岩野泡鸣标榜"新自然主义"，并对早期自然主义作家岛崎藤村、田山花袋等人进行批判。正因为岩野泡鸣是一个颇有争议的评论家，所以他就更需要创作出比肩甚至超越《破戒》、《棉被》的作品。在此背景下，岩野泡鸣创作出小说《沉溺》（1909），奠定了其在文坛上

---

① 是对田中王堂的《论岩野泡鸣的人生观及艺术观》（《中央公论》、1909年9月）的反驳。

的地位。但他自身并不满足这一成功，继续在其后的五部作品中，以自己的小妾增田下江为原型塑造出女主人公清水鸟的形象。岩野泡鸣的父亲直夫去世（1908）后，泡鸣继承了租赁房屋的家业。后因经济困顿，他将用于租赁的房屋"日出馆"作为抵押，在桦太开始罐头生意。但是，因为罐头生意全部托付给外行的表弟和弟弟去做，加之弟弟生病，所以当泡鸣本人赶赴当地之时，他的这番事业已陷入危机。为了筹措重兴事业的资金，岩野泡鸣远赴北海道开始了自己的"流浪生活"。《流浪》这篇小说就是岩野泡鸣以自己这一时期的流浪体验为素材而创作出来的。

如上所述，创作《流浪》时的岩野泡鸣，正处于思想转变期。与岛村抱月、田山花袋等人的提倡的艺术观不同，岩野泡鸣提倡一元描写论①。泡鸣的一元描写论是在加入作家主观因素的基础上，试图排除各种技巧，客观真实地描写人生。因此，众多自然主义作家都指出《流浪》中对主人公的客观性描写不够彻底。在初版《流浪》卷首的《创作〈流浪〉的实感和信念》中，泡鸣这样写道："关于作品中的事件和内容，放入了已经发表的《桦太杂感》、《札幌印象》以及《北海道的天然》等作品。特别是《札幌印象》使《流浪》整体升华。这次在《流浪》中，以我所观察的桦太、北海道生机勃勃的自然、风俗以及事业界为背景。背景背后，描写了一个流浪者——一刹

---

① 加入作者主观的人物描写方式，与田山花袋主张的作家不深入主人公的内心世界，以旁观的客观态度从事平面性创作的"平面描写论"相对立。

那主义的实践哲理家的事业、现实生活。因为主人公是哲理家，所以文中也出现了他特殊的人生观、以日本为中心的政治文明论、对现代文艺界的批判等内容。"① 关于内容的描写，止于"平凡的，倒不如说是无意义的琐碎事情"的客观描写。

后来，连作者自己也反省"《流浪》还存在表面描写的弊病。"②。诚如他自己意识到的那样，从整体看，这部小说作品思想深度不足，还停留在表面，难免有扩散、不集中的感觉。纵观全篇，作者最初试图表现的政治文明论及对文艺界的批判等问题在文中并没有通过具体事例得到深化。因此也就有了"从整体来看，感觉比起主人公，周围人物的描写更生动"的相马御风的评论。③ 的确，这部作品在典型人物的塑造上，确实存在着没有展开的弊端。文中北海道报纸和杂志记者陆续出现，登场人物杂乱过多，造成了对主人公描写不够集中的缺点。

作品中的出场人物除了田村义雄外，毫无例外地都是新闻记者或实业家。这种新闻记者群像的塑造与明治末期成立的记者俱乐部这一客观现实紧密相关。此外，还需要注意的一个事实就是，小说作者岩野泡鸣和报纸的深厚渊源。1907 年，岩野泡鸣与当时担任《读卖新闻》文艺记者的正宗白鸟邂逅，为他以后的文学创作带来了新契机。自

---

① 岩野泡鳴、『放浪　泡鳴五部作』、東雲堂、1910 年
② 岩野泡鳴、「一元描写輪の実際証明」、『新潮』3 月号、1919 年、47 頁。
③ 相馬御風、「『放浪』合評」、『早稲田文学』、1910 年 9 月、26 頁。

那以后，他的大多数新自然主义评论都刊载在《读卖新闻》上。特别是在详细记录自己稿费生活的《巢鸭日记》中，可以看出岩野泡鸣与刊载作品报纸的紧密联系。通览岩野泡鸣的日记，可以了解到他把每一篇稿件的题目、投稿处以及稿费的金额完全记录下来。即便是一两日元的零钱也不漏掉。哪怕是记录着樋口一叶困顿生活的日记，抑或是正冈子规的病床日记，也没有像岩野泡鸣这样详细地记录收入情况。尽管岩野泡鸣在生活方面比较放荡，但关于金钱，他绝对是个严谨的人。而《流浪》这一作品正是基于岩野泡鸣自身客观生活而创作的。而长期依靠报纸稿费生活，也使他对新闻记者这一职业有了足够的认识。

三、"立身出世"的幻影

《流浪》中的岛田冰峰、滨野繁太郎、高见井牛等人都有新闻记者的经验。而如此集中地描写新闻记者群像的作品在明治时期着实罕见。岛田冰峰作为《流浪》的主要人物，原本是某歌人的门徒，曾打算在旧满州创建一份日文报纸，从那个时候，就开始了记者生活，后来因试图往北海道政界发展，便辞去新闻记者一职，开始发行类似东京各种实业杂志的刊物，最终还是以失败告终。无奈之下，再次成为新闻记者。后得到承包商、北海道实业杂志社社长川崎藤五郎的支持，成为北海实业杂志的主干。不仅岛田如此，就连浅井能文这个原东京报纸的记者也来到北海道兴办实业。他们在北海道过着放荡的生活。为了事业，他们甚至破坏了他人的生活，并有可能因此而引发"饥饿"、"疾病"、"怨恨"的事态。岛田对自己的这种做法逐渐产生怀疑，并展开了对自己的批判。这似乎可归结为他的人性问题。在他的这种超乎常理、违背道德的行为（在某种意义上，可以说是作者岩野泡鸣的生活实践）上，可以很容易看出其利己主义和不顾及他人的一面。对岩野泡鸣人性部分的准确把握，无疑有助于这部作品的解读。但是，《流浪》绝不是一部暴露人性利己主义的作品。"在对成功与否的社会评价意义上，他越推进本来具有公共性质的事业，社会对个人的影响就越会使其烦恼加剧，在这种情况下，通过私密的方式把具有人性弱点的自己隐藏起来，表面的自我一方面尽可能与社会同化，而另一方面则因为反伦理、反道德性，和被隐藏在内部的自我形成紧张关系，并加深自身的烦恼。"① 这段分析准确地揭示出《流浪》这部作品的基本结构。

而这部作品的结构之所以能够通过北海道这一新兴城市得以体现，与明治四十年代的社会现实有着密切关系。日俄战争后，明治政府致力建设近代产业国家。在失业大潮中，失业青年数量增加。但是在明治四十年代，学历价值的贬低和就业岗位的稀缺造成了就业难的状况。许多大学毕业生虽然接受了高等教育，但却无事可做。例如，就有人指出："社会应该对学问价值付给更多的薪酬，如今，以 25 日元到 35 日元的微薄月薪就可以雇佣到帝国大学的

---

① 鎌倉芳信、『岩野泡鳴研究』、有精堂出版、1994 年 6 月 5 日初版、172 頁。

毕业生，这种践踏学问价值的事情屡见不鲜。"① 在当时，即便毕业于帝国大学，也未必能获得很好的生活保障。对此，政府开启移民政策，将逐年增加的青年人送到海外生活。同时，政府还大力鼓励在海外开创事业。从当时把失业者送往殖民地的政策来看，当时的青年确实是"多余"的。夏目漱石的《从此以后》中的平冈打算去满洲、美国的梦想，《尘埃》中小野的南征计划以及《流浪》中众多记者在北海道开拓新事业，都是在这样的背景下应运而生的。石川啄木曾在评论《时代闭塞的现状》（1910）中写道：

> "时代闭塞的现状不只这些单个问题。如今我们的父兄，认为如今大多学生的学风扎实，并为此而欣喜。但是这种扎实难道不是因为如今的学生在学期间就必须担心就职之事吗？而且尽管学风扎实，但每年官费私费大学毕业生，其中一半难以就职，只能在公寓里无所事事。"②

在此，石川啄木实际上指出了当时日益突显的所谓"游民"问题。从明治末期开始，日本开始步入近代化的进程，国家也逐渐确立。青年的关注点已经由国家转到社会

---

① 田口大吉郎、「学問の価値を余り高く見積り過ぐ」、『新公論』、1906年7月号、10頁。
② 石川啄木、「时代闭塞的现状」、『啄木全集』第十卷、岩波書店、1961年、30頁。

和个人。堺利彦曾指出"所谓'青年男女烦闷'的根本原因（不论他们是否自觉到）在于独立生活的困难（即难以获取职业，以及维系与父兄等家族关系的困难），和因困顿的生活所引发的婚姻不自由。"①

那么迫于生活的无奈、远赴北海道创业的新闻记者们又是如何看待札幌这座半近代化城市呢？这部作品中，《实业之北海》主笔岛田冰峰和周刊新闻记者高见吞牛之间的对话可以为我们提供这些新闻记者的一些看法。

"吞牛说起某议员，他不仅勾引某位寡妇（过去是基督教妇女矫风会有名的雄辩家），还诱骗了她的女儿。那个寡妇叫铃木玉寿，她和丈夫搬到北海道，事业上失败。"

"那是曾经抛弃茅崎的小说家田边的女人的母亲和妹妹吧。"义雄不可思议地插嘴道。

"是的，"吞牛点头。"愚蠢的女人们啊，母亲去年死了。"

"愚蠢的是那个议员。"冰峰谈及的那个议员，经常带着艺妓模样的美女，想着在哪有过接触，竟然是那个寡妇的女儿。②

---

① 堺利彦、「自由安楽の新社会を建てよ」、『新公論』、1906年7月号、17頁。

② 岩野泡鳴、「放浪」、『明治文学全集 71 岩野泡鳴集』、筑摩書房、1977年3月初版第二刷、98頁，关于《流浪》中的译文均为笔者拙译。

听到这些的田村义雄，想象过北海道的风俗败坏，但实际比听起来更甚之。在他看来北海道这个地方，虽然仅待了两三天，但是从自身的见闻来看，这里是淫乱的、放纵的、开放的。在此开展自己的计划也罢，流浪也罢，似乎是最自由的天地。总觉得钱也容易赚，也可以马上得到女人。——总之在田村看来北海道朝气蓬勃。而正是田村在北海道感受到的种种，揭示了新闻记者岛田冰峰所处的现实环境。

上述认识，和田村乐天的北海道观紧密联系。正因为认为北海道是无秩序、放纵、并充满野性和活力的，才使得他把自己放在中心的位置，而把北海道视作周边地区，这与人们将北海道视为混沌、未开拓地区的看法没有区别。田村的这种看法使他对"父亲味越来越浓"的有马多少有些轻蔑的意味，已熟悉京城口音的他对有马妻子的东北方言感到十分不快。一方面对自己的城市人身份感到自豪，另一方面对有家庭的人和乡下人怀有鄙视。田村的这种偏见，使他受到周围人的严厉批判。虽然在田村意识的表层，他试图尽量做到和思想同步，但在与现实生活相关的深层意识里，他却又不自觉地否认有马那种对札幌现实世界的认识。

从到达札幌的第二天开始，连续两天田村被邀请去薄野的妓院。在那里掩盖了他本来的面目，只是被当作"悠闲、有趣的人"，而不安、痛苦、寂寞的真实自我被深深隐藏起来。妓院是"持续观念超越性的场所。但是，他的超越性对于现实的秩序表现为无力。原本坏场所的秩序就是使无力感变成秩序化。"① 在妓院放纵的时候，使他暂时忘却身上背负的责任。在那里，他隐藏了现实社会秩序下的真实面目，使他暂时忘却烦恼。

1909年，札幌的人口大约8万，作为北海道最大的都市，明治政府试图在新的开拓地建设近代化都市。在当时田村的眼里：

"比古老的京都更准确地在东南西北方刻着井字形，这座城市给人以灵动的动脉的感觉。而且，那条动脉和四方一起深入苹果地、玉米地、水田、牧场等处，进而消失。"近代城市的街道鲜活地映入眼底。

"其间，以道政府为首，最能代表开拓纪念的农业大学、总是从高高烟囱处睥睨北处的札幌啤酒工厂、制麻公司、石头建造的广大拓殖银行、日光反射下呈现银白色的区立医院、停车场、中岛游乐园、羊肠小道、薄野妓院等"。②

映入田村眼帘的札幌大多数建筑物，象征着明治政府想要达成的近代产业国家，在某种意义上，这些建筑物是仿造国家的中枢城市东京而建造的。义雄等人所规划的螃蟹罐头事业，应该是顺应了迅猛发展的近代日本产业化潮

---

① 廣末保、「悪場所おぼえがき」、『悪場所の発想』、三省堂、1970年6月、138頁。
② 岩野泡鸣、「放浪」、『明治文学全集71 岩野泡鸣集』、筑摩書房、1977年3月初版第二刷、100頁。

流的。但令人奇怪的是，在《流浪》中，田村仅仅是对札幌这一都市的近代部分略感兴趣，并没有显现出太深的亲近感。只有在他遇到马夫，以及闻到烤红薯的味道时，才会有一种迫近故乡般的亲近感。

也就是说，他只有接触到北海道的自然和百姓的生活时，才会获得心安。当然，这和他自己事业的失败不无关联，不过这更是日本在建设西欧式近代国家时的宿命。田村义雄的这种感觉实际上暗示着他生活在大自然中，试图回归到与近代化毫无关联的普通百姓生活中的内心期待，以及他试图治疗近代社会中自我孤立的精神。对于田村义雄这个"流浪者"来说，比起近代化建筑，平民的房屋、蔬菜店、马夫等景象更使他感到温暖。但是，由于田村义雄最初对北海道过于乐观的想法，以及对有马夫妇等人的蔑视，使他在这个温暖的环境里却受到人们的排挤。因此，在近代都市札幌中，比起处于社会底层的百姓，他更需要从游离于社会外的存在——妓院那里获取温暖。当他独自一人第三次去井字楼的时候，第二天就开始和敷岛变得熟识。此时的他与前夜戴着假面的自己不同，他逐渐察觉到自己假面下的本来面貌，悲哀和痛苦便显露于他的前面。

"正因为如此忍受痛苦，和我在一起，也可分担我的悲哀和痛苦吧。索性，如果能使这个矮个女人着迷的话……（那么）这个流浪可以继续下去，不必勉强回东京,想和她在一起也没有关系。"①

田村义雄首次在现实的秩序下审视妓院这个坏场所的意义。对于他来说,妓院这种地方实际上就是医治自身内心创伤的场所。只有在这种环境下,他才可能审视自己,面对自己内心的阴郁思想。而这种"阴郁思想不时出现在明治以后的年轻东方人心里。它如同夏日云影,容易消逝,而在西方青年那里,这种思想却具有深刻含义。"② 执著于日本近代精神的知识分子,通过社会赋予义务,并通过完成义务所体验内心的充实,借此发现"个人"存在的意义。这是日本近代知识分子所具有的独特的精神构造。如此的"个人",必须不断地从自身之中向外界扩展,因此,在思考自身的时候,"阴郁思想"就成为他思想的基调。

义雄和冰峰等人从妓院出来后的第二天早上,漫步在街头时,田村这样想:"怀着轻松的心情漫步的时候,就会想到之前的自己的内心为何郁闷。像自己那样,有必要为艺术和实践如此执著吗?人死了,也就那样了……没有朋友,没有妻子,没有恋人,如今看和社会毫无关联的自己,不由得觉得贪恋是来源于自身对于社会中追逐的名誉心和

---

① 岩野泡鸣、「放浪」、『明治文学全集71 岩野泡鸣集』、筑摩書房、1977年3月初版第二刷、146頁。
② 大岡信、「創造的環境とはなにか」、『表現における近代』、岩波書店、1983年8月刊、153頁。

虚荣心。"① 他有时想致力于文学创作并不能撼动天下。而真要开创一番大事业，又需何等的能量。此时的田村身上表现出了"阴郁思想"。但他的这种阴郁思想并未持久。他认为这种阴郁思想的一时出现仅仅是因为"到桦太以来，特别是昨晚的疲劳，感到身心疲惫"所致。义雄无疑也是明治以后年轻东方人中的一员，他的内心同岛田一样也并不光明。《流浪》中脍炙人口的"为何来桦太"②的口语诗正是他痛苦内心的写照。这首诗折射出一个远离东京、只身在桦太的孤独绝望者形象。如同大冈信所指出的那样，这部小说的主人公在通过达成事业来强调自身存在的过程中，遭遇事业上的困难，由此审视自己，最终以残败之躯逃离东京，沉沦在混沌的桦太生活中，他们的这种由生活和事业的挫败感而产生的空虚感，正是所谓"阴郁思想"的体现。

田村的内心被这种阴郁心情所笼罩，当他从妓院走出、伫立街头的时候，心中的感觉更是异常复杂。在城市边缘部建造的薄野妓院，"始终不是通过秩序整顿的空间，用如今的话来说是充满熵的负空间……也就是说充满了阻碍日

---

① 岩野泡鳴、「放浪」、『明治文学全集71　岩野泡鳴集』、筑摩書房、1977年3月初版第二刷、156頁。

② "为何来桦太"：「何のために、僕、樺太へきたのか　分からない。蟹の缶詰、何だそれが？ 酒と女、これも　何だ？ 東京を去り、友輩に遠ざかり、愛婦と離れ、文学的努力を忘れ、握り得たのは金でもない。ただ僕自身の力で、これが思ふ様に動いてゐない夕べには、単調子な樺太の海へ　僕の身も腹わたも投げて　しまひたく　なる。」岩野泡鳴、「放浪」、『明治文学全集71　岩野泡鳴集』、筑摩書房、1977年3月初版第二刷、102頁。

常生活顺利进行的力量的场所。"① 当公共世界和秩序外的妓院相遇的时候，现实社会所隐藏的个人，就会被理解和救赎。同时，和自己有关的公共事业和现实都会变成空虚的东西。在现实的秩序中，通过事业无法确立自我时，就只有在和现实秩序相背离的场所发现自我。一味沉沦妓院，放荡自己，而另一方面自我的发现则由表面转向内心。于是，虚无情绪就由此从现实社会中产生。

对于上述的"阴郁思想"，石川啄木以另外一种形式进行了明确的解读。他认为，不曾对抗公共权威的我们正处于闭塞的社会现实中，要打破这种闭塞，就要和权威相抗衡。冰峰等新闻记者所感受到"阴郁"其实不过是生活在时代闭塞现状下的缩影。对这部作品的局限性，石川啄木曾给予过批判。②《流浪》中的知识分子试图通过创立事业来获得充实感，借此找到自己的安身之所。但在啄木看来，作品中的这种由达成事业而体现的社会属性，并不能理解为压抑自我的权威。

来到桦太后，岛田不断承受着来自现实生活者的批判，他只有在隔离的、无秩序空间中忘却烦恼，以此压抑反伦理、反道德的罪恶感。岛田等人在札幌所处的边缘化状况，被巧妙地置于远离具有权威和权力的中央环境之中，这实际上和明治青年们所处的社会位置同质。由札幌城市的表

---

① 山口昌男、「都市の抱える闇」、『祝祭都市』、1984年11月、岩波書店、181頁。

② 石川啄木在《时代闭塞的现状》中谈到自然主义文学作品时，对自然主义文学作家的本能满足主义进行批判。

面深入到妓院世界的描写，体现了在强化中央集权制近代国家的进程中，明治的青年很容易陷入为维持秩序而牺牲的陷阱里。正如评论家镰仓方信所指出的那样："《流浪》一方面超越桦太事业的既成框架，试图描写失败的自我，另一方面又成功地捕捉到了明治时代在中央和周边、社会与个人之间摇摆的青年形象。"①

　　岛田等记者恰恰处于事业的所在地桦太和自己生活场所东京的中间地带。而这种处于边缘地带的失败者似乎可以用"边缘人"一词来形容他的生活状态。所谓"边缘人"是对两个社会群体的参与都不完全，处于两个群体之间的人。从广义上讲，"边缘人"是指一个人在某方面有自己的独到之处，让别人在短时间内难以理解；而狭义地理解，"边缘人"是指相对于中心人，各个方面都脱离主流社会群体的人。德国心理学家 K. 勒温首先提出这一概念，他认为社会性变动的概念亦能适用于个人社会心理的变化。社会地位的改变能使个人的心理特征和行为特征发生改变。当处于新环境时，他的所属性是不稳定的，因此人就会产生紧张感、失落感，表现出过分小心、谨慎、自卑感和不敢自作主张，对自己的天性进行抑制等。这种人是处于两个群体的边缘人。他们的行为表现是很特殊的。地位上升或下降、地理位置的移动以及移民等群体都属于"边缘人"之列。"边缘人"的产生是近代社会发展的必

---

① 鎌倉芳信、『岩野泡鳴研究』、有精堂出版、1994年6月5日初版発行、182頁。

然产物，整个过渡期间对每个人的行为都有特别的影响。尽管此类人群多过着颓废的生活，但他们中也有精神上的先行者，有自己独特的思想和信念。但由于其思想的独特性，平常人难以理解。《流浪》中的岛田、田村等人有着不为常人理解的思想，特别是当田村从近代化都市到北海道这个半近代化城市创业的时候，他固有的思想使得他和周围人格格不入。陌生的环境、周围人的世俗事业观，都使他感到失落，缺乏归属感。特别是当事业失败后，他只有通过妓院这个游离社会外的场所来获取些许精神安慰。由此，他更成为远离主流社会群体的边缘人。

作为"精神英雄"的田村在现实生活中，还得承受来自卑小的实业家松田和森本的屈辱。作为现实社会中孤立的存在，他显得与具有世俗事业观、处世观的松田和森本的世界格格不入，和浅薄、世俗的松田和森本形成鲜明对照。开创事业，对于从文学者转行到记者的田村来说，他无疑是个外行，没有资金，没有能力。他也不可能因此而期望他人能够热情地帮助自己。尽管田村义雄也有一些创业计划，但那终究不过是些不切实际的空想。比如他在和松田谈到合作罐头事业的时候，就被松田以不合算的小买卖为由拒绝。在田村看来，松田等人肤浅世俗的事业观和处世观使他感到屈辱。作家岩野泡鸣正是通过描写与自己有着相同遭遇的主人公，来试图表现自己的境遇和内心世界。

可以说，岩野泡鸣通过《流浪》中岛田记者境遇的描写，揭示了在日本近代化过程中知识分子所处的边缘人状态。在失业大潮的明治末期，人们试图通过创办实业，来达到出人头地的目的。但这一行为又不仅仅局限于个人目的层面，更是希望通过这种个人创办实业的方式得到社会的认可。在《流浪》中，岩野泡鸣描写了岛田这一现实中的败北者形象，但他排斥一味沉溺在现实世界的主人公的平面、物质化的描写，试图创造出灵肉相结合的表现自我的作品。通过塑造与自己有着同样经历的人物，揭示出自身的境遇以及精神世界。

第二节　消极的生活者——以作品《尘埃》分析为例

广津和郎说："生活者之中，既有所谓的积极的生活者，也有消极的生活者。没有人教授消极的生活者的深奥，而是强烈地让他人感受到。"① 在《尘埃》中，正宗白鸟描写了极其普通的下层知识分子的寂寞日常生活。这是一篇以二十五岁报社年轻校正的视角，来讲述从事校正工作三十多年的五十多岁小野道吉的故事。小野老人多子嗣、生活困苦。他对生活没有远大理想，在平凡而又艰辛的生活中，不断消耗着自身的能量。为了排遣内心的寂寞，他学习能乐来充实自己。但生活的磨难已使他失去主张任何权

---

① 柳田泉、勝本清一郎、猪野謙二編，『座談会 明治、大正文学史5』、岩波现代文库、2000年、第9頁。

利的能力，在公司也成为被同事遗忘的人。在这部作品中，没有重大事件的描写，更没有对社会的批判意识，只是形象地刻画了长年饱受生活折磨的下层知识分子形象。

一、《尘埃》的创作背景

正宗白鸟自 1904 年 11 月在《新小说》上发表《寂寞》以来，《尘埃》是作者创作的第八部作品。经过蛰伏的 1905 年，1906 年以来他不断有新作问世。正宗白鸟 2 月在《新小说》上发表《破调平调》，8 月在《早稻田》发表《二楼的窗》，9 月在《新小说》发表《旧友》，10 月在《读卖新闻》发表《俩家族》，11 月在《趣味》上发表《近松会》。1907 年 1 月在《新小说》写下《丑妇》。正是这些不引人注目的作品，使正宗白鸟作为小说家开始被人们认可。

正宗白鸟毕业于早稻田大学，与《趣味》的同仁甚有渊源。在 1906 年和 1907 年的两年里，他连续在这一杂志发表文章。正宗白鸟当时是《读卖新闻》的《周日文艺附录》栏目的主编。这个《文艺附录》具有和周刊文艺杂志类似的内容，因此有特殊的读者群。在 1907 年自然主义文学运动盛行的同时，与《文章世界》、《早稻田文学》同为主导批评新文坛方向的据点之一。

1907 年是一批有特色的新作家相继问世的一年。这年的 1 月，铃木三重吉在《杜鹃》上发表《山彦》，2 月正宗白鸟在《趣味》中发表《尘埃》，4 月高浜虚子在《杜鹃》上发表《风流忏悔》，5 月中村星湖在《早稻田文学》上发表《少年行》，同月新作家真山青果在《新潮》中发

《南小泉村》，引起文坛注目。这五部作品都提出了之前文坛未曾有的东西。正宗白鸟发表短篇小说《尘埃》时，时值29岁，正是他进入《读卖新闻》的第五个年头。这部作品因描写了此前没有的对人生的深刻思考，而广受好评。正宗白鸟的作家地位，可以说也是因这一篇作品的发表而确立。

二、消极的生活者

自然主义文学除了如实地反映作家生活外，还描写平凡人的艰苦生活。其中，作家正宗白鸟就通过小说刻画出众多生活困顿者的形象。相马御风认为白鸟小说中的人物可分为"不太考虑人生意义的普通人"和"受过高等教育、自意识相当发达的所谓新时代的青年"两种。他认为属于前者分类的作品有《尘埃》、《阿久》、《两个家族》、《微光》等。① 这类作品中，作者描写了迫于眼前生活的压迫，逐渐丧失生活希望和兴趣的人们的悲哀。特别是在《尘埃》中，通过校正小野的形象，我们可以感受到碌碌无为的生活者背后的无奈和凄凉。具体到作品中，消极的生活者形象又是如何体现的呢？以下将做一简单论述。

岁末将至，报社内热闹非凡，耳边响起外勤记者的豪言壮语和震天动地的抱负。主人公小野道吉一边吸着难闻的烟草，一边仿佛全然不顾社内的嘈杂，呆呆地望着窗外。

---

① 相馬御風、「正宗白鳥論」、『新潮』、新潮社、1912年5月、18頁。

"我"（作品中的叙述者）突然想起曾经和小野一起喝一杯的约定。于是我和小野下班后，走在银座的繁华街。

"星星如冰般闪烁，即便没风，触及皮肤间的空气如针刺般。街上聚集岁末的繁忙，充满活力。但是小野把头埋进沾有污垢的围巾中，无精打采地站立着，看上去何等寒酸，不合时宜。"①进入一家又脏又狭小的餐馆后，我和小野老人对坐。"小野在火盆上搓着干枯的手背，或许是食素面包的结果，他面色枯黄，目光浑浊，不知在看何处"。②

通过对校正小野外在的描写，勾勒出一个饱受生活磨难的贫困者形象。在欢庆的岁末、在繁华的街道，更反衬出社会底层知识分子形象。在这场生的飨宴中，自己拒绝参加，始终只能以旁观者的态度来审视。如果说寒酸的装扮，体现了小野生活困顿的话，那么他的精神世界在我看来是麻木，缺少神经的。即便在和我喝酒的过程中，小野依然和在报社一样，像听不到周围的嘈杂似的，连烟也不抽，给人以神经消失或感觉失效的错觉。因为生活的压迫，使小野丧失了抗争的能力，过多的生活磨难已使他精神麻木。只有酒精才能唤醒麻木的神经，使他这个木雕注入灵

---

① 正宗白鳥、「塵埃」、『現代日本文学大系 16 正宗白鳥』、筑摩書房、1969 年初版、5 頁、关于《尘埃》中的译文均为笔者拙译，以下不再说明。

② 正宗白鳥、「塵埃」、『現代日本文学大系 16 正宗白鳥』、筑摩書房、1969 年初版、5 頁。

魂。被生活磨砺得小野老人如同一具木偶、呆板、沉默。而这沉默似乎是对残酷现实生活的顺从，只有喝过酒后，他才像重新注入了灵魂，获得了重生。这实际上代表了处于底层社会的人们无力改变自身状况，在现实生活中，逐渐丧失激情的普通生活者形象。痛苦越深，就会变得越麻木。孤独的小野老人也渴望与人交流，和我饮酒就是一个很好的例证。通过和我的告白，揭示了碌碌无为的生活对人的摧残这一事实，小野老人如同一面镜子，映射出困顿生活者的人生方向。

作品中的"我"将满 26 岁，从事着校正工作。但我本身有着远大的志向，在我远征南美兴办实业计划破灭后，作为实现理想前的缓冲，当上了这家报社的校正。但我并不甘于现状，胸怀宏伟的抱负，"考虑明后年，以自我为中心，创作出几百幅绘画或小说"。① 但我入社三个月后，发觉记者工作背离了我的预期。并且当我意识到校正是没有前途的工作时，决心改行。在聊天过程中，发现小野老人也有着同样的人生经历：

"我以前也总是那么想，想着想着，时光飞快流逝。但是在想解决办法的过程中值得期待，我们在总会有办法的自我安慰中度日。"

"但是，那样或许比较轻松。"

---

① 正宗白鳥、「塵埃」、『現代日本文学大系 16 正宗白鳥』、筑摩書房、1969 年初版、5 頁。

"开始的时候在波浪中披荆斩棘,但在屡次遭受波涛汹涌后,反正实现不了,就随它去吧。变得随波逐流视而不见。即使在报社,也是波涛涌动。像我这样不能劈津斩浪的人,每次都是受到惊吓,手脚萎缩了。萎缩的结果就是导致碌碌无为而终。"①

人生就是在一边想着"总会有办法"的自我安慰中度过。特别是在经历生活磨砺后,人逐渐变得麻木,连试图改变现状的力气都没有。只是顺应着命运前行,碌碌终老,这是消极生活者的悲哀。对此,伊藤整如此评价这部小说:"它的主题与其说是描写双重性格,倒不如说是描写平稳日常生活中所隐藏的悲剧。人生的希望和梦想,在重复无关紧要的日常工作中,一点点地消失、破灭。而察觉时,却突然发现自己已变成连生存权力也没有的人。生存的意义,在时间的流逝、日常生活的反复中磨减,却无法抵抗。"②碌碌无为的生活究竟使人走向何方?小野老人凄凉的晚年无疑为我提供了一个人生方向。我身处明治四十年代,作为年轻单身的知识分子,蔑视周围卑微的现实,更对社里那些闲聊取乐的小职员不屑一顾。我作为独立自主的理想青年,讨厌被束缚,渴望有朝一日出人头地。而明治四十年代的青年——至少他们中的精英不要说被社会迫害,而

---

① 正宗白鳥、「塵埃」、『現代日本文学大系 16 正宗白鳥』、1969 年初版、筑摩書房、6 頁。

② 伊藤整、『日本文壇史』第 7 巻、講談社文芸文庫、1995 年 12 月、104 頁。

是被社会溺爱，因此也被过分地期待。如此，他们就对社会产生了不满。当他们遭受挫折，认清社会现实时，就越感到乏力的孤独感。或许这正是身为理想家的我和落魄的小野交流的重要原因。

　　困顿的生活使人丧失对人生意义的思考和生活的乐趣。倘若无力改变现状，就只有无视现实，任由命运的自然发展。不能抵抗、不能逃避，这是生活者的最大悲哀。小野老人试图通过喝酒来麻痹自己的意识，进而减轻自己的烦恼。但马上又意识到做父亲的不该喝酒，应省下钱给孩子们做衣服。残酷的现实使他不能借由酒精逃避现实，但现实又是如此不堪重负、如此痛苦，但作为担负社会责任和家庭责任的人，不管自己的意志如何，都必须延续这无止境的残酷生活。如果不能喝酒减少烦恼，只能通过学习《能乐》发泄内心的不满。由于小野不像津崎君那样可以毫无掩饰地发泄不满，只有通过学习谣曲发泄郁愤、忘记劳苦。当谈及谣曲，小野变得精神焕发起来。他虽然四五年前学过，却没有看能的富余。经常把往报社寄赠的《能乐》杂志带回去阅读，并当作唯一的乐趣。但是社里主张那是报社的财产，会一起出售给废品处，所以被禁止带回家。当我质疑小野为什么不主张自己的权利时，他答道：

　　　　"我要是有主张的气力还好。物价总是上涨，又添子嗣，束手无策。倘若以从五重塔跳下胁迫加薪的话，社里会下严格命令：如果有不满，不干也没关系。简直就像被雷击的心情。总之，像我这样无能之人，如果不被报社需要，即便在社会也是无用之人。我就会反过来想，活着就是件值得庆幸的事情，是怜恤。"①

艰难的生活已将他的棱角磨平，以致丧失了主张自己权利的能力。从中我们可以看出日常生活对人的摧残，但更重要的是为我们展现了一个弱者形象。他们看似性格柔顺、温和，但这正是弱者的处事之道。尽管他们对现实生活也心存不满，但他们没有反抗的力量，因为家庭责任等原因，他们又不能逃避，只能以调和的方式，默默地承受现实的痛苦。同时，这种调和的处事方式或许和作者正宗白鸟的记者身份有关。进入报社后的正宗白鸟以敏锐的眼光审时度势，新闻记者般特有的圆滑处事技巧或许也给作者些许提示。

三、正宗白鸟的主体意识

自然主义文学作家往往以自我的生活为创作原型，这部作品同样也折射出作家正宗白鸟的影子。这篇小说是以正宗白鸟所工作的《读卖新闻》编辑局的现实存在的人物作为原型的。当时的《读卖新闻》的校正席有居林诚孝、小野良风、小泽胜次郎三人。而本书就取材于第三人小泽胜次郎。不同于由资深记者降格为校正的前两人，小泽是从少年时代作为报社印刷工人培养起来的，而被提拔为校正的人物。他平时沉默寡言，很少大声说话。人规矩、孩

---

① 正宗白鳥「鷹狩」、『現代日本文学大系 16 正宗白鳥』、筑摩書房、1969 年初版、6 頁。

子多。他总是消极地说着"总是会有办法的，反正大家都要死的。"工作时很少说话，但一喝酒，他就如注入灵魂般，变成了一个活泼的人。吐露出对人生的不公平，不满，斗志昂扬。

在作品中，正宗白鸟描写了一个比现实生活中的小泽年长十多岁的小野的形象。底层知识分子的悲剧，在没有重大事件的日常生活中得以演绎。作品形象地刻画出受生活摧残的弱者形象，这个生活的弱者在平凡而艰辛的生活中，丧失了对生活的信心和美好希望。在琐碎的日常生活中，他昔日的锋芒渐渐被磨平，同时又苦于无力改变现状，陷入虚无倾向。为了丰富自身的生活，更为了找寻生活的意义，小野老人通过学习能乐来填补内心的空虚和寂寞。但由于自身懦弱的性格，抑或是消极的生活态度，使他越发丧失了行动能力，每天机械地重复着同样的工作，从不主动思考，或者努力改变现状。最终，他甚至丧失了主张自身权利的力量，这不能不说是底层生活者的悲哀。但最为残酷的是，明明知道无力改变现状，但是还要重复着毫无希望的生活。

"第二天上班，'小野还在原来的石地藏菩萨处，不知从哪吹来的风，冷淡处之。'外面的记者一如既往斗志高扬，我在内心安慰着'我有将来'，做着一天的校正工作。①"

---

① 正宗白鳥、「塵埃」、『現代日本文学大系 16 正宗白鳥』、筑摩書房、1969 年初版、7 頁。

通过理想家的我和倦怠的生活者小野的对比，作品揭示了现实生活的残忍。比起"总会有办法的"的生活欲求，面前的黑暗现实、"卑微的断念"和内在的"倦怠"都在把人生逼向绝望的边缘。在现实生活的压迫下，如果没有反抗的能力，就只有顺从命运的安排，过着悲惨的生活。而这种人物的塑造和当时的颓废思潮是有着必然联系。本间久雄认为"正宗白鸟的艺术和思想，总之所谓近代思潮，特别是在我国现在颓废思潮的漩涡中被酝酿出来，是有特色、意味深刻的产物。"① 小野这种时代病人，正反映了当时日本的颓废和堕落的现状。

作品中的小野既不能享乐，也没有理想，他无法苦闷，更不能积极地行动。在倦怠和疲劳日渐腐蚀的现实中，有白鸟描写的生活的真实。在所有层面上，逆来顺受的丑陋的生活正是白鸟试图描写的生活现实。

---

① 本間久雄、「正宗白鳥」、『新小説』、1909 年 6 月、41 頁。

第三章　弱者的二重生活

　　石川啄木是在评论文章《浮现在心中的片段感觉和回想》中开始使用"二重生活"这一词汇的①。所谓"二重生活"是指自己的想法和行动相背离,处于思想和行动不统一的状态。石川啄木在《性急的思想》(1910)中,对这种言行不一致的生活状态进行了批判。当时的石川啄木以"自身的彻底"、"生活的统一"为口号,试图改善自己的生活。在当时的啄木看来,"二重生活"作为背离自己想法的行为,是卑怯的,作为违背个人思想的行动,是虚伪的。不久,当啄木自己把"有意识地经营二重生活"的事实告诉友人时,他感到屈辱,同时他又自认为自己正是那样的人,因此降低了自身的价值,对自己失去信心。

　　两个月后,石川啄木创作出小说《我们的一伙儿和他》

---

　　① 在评论文章《浮现在心中的片段感觉和回想》中有以下表述:"自分の生活は'二重の生活'だと気が付いてゐながら、我々にはそれを統一せねばならぬといふ一大事を考へずにゐる場合が多い。"「きれぎれに心に浮んだ感じと回想」、『石川啄木全集』第四卷、1980年3月初版、筑摩書房、227頁。

(1910)。以往的研究普遍认为石川啄木的这部小说，描写了"有意识的二重生活。"主人公高桥一边确信应具有的正确思想，在现实生活中却服从现实，有意识地过着二重生活。如今，研究者大都认为石川啄木对"有意识地过着二重生活"的高桥是持批判态度的。①

时至大正初期，这种思想与行动背离的二重生活，使当时的知识分子陷入了性格分裂的境地。1917年，广津和郎写作的《神经病时代》就描写了一个因无力改变社会现实、而陷入精神困顿的知识分子形象。对于这种"性格破产者"，平野谦有如下论述："二叶亭四迷在《浮云》和《那个面影》中努力体现俄国文学中的多余人意识，夏目漱石在《从此以后》之后的作品中高等游民的文学系谱，被广津和郎以自身的方式继承，并意图实现。简言之，如何用文学的方式处理知识分子的问题是广津和郎文学的出发点。"②平野谦在此把漱石作品中的知识分子形象简单地断定为"高等游民"，似乎不太妥当。《从此以后》中确实描写了代助这个高等游民形象，但在以后的作品中，漱石似乎对知识分子问题，有了更深层次的认识。虽然在将广津和郎看做继承了夏目漱石的高等游民文学系谱这一问题上，或许会有些争论，但在"知识分子"问题的继承上，将其

---

① 上田博、小川武敏等评论家认为作家啄木在文章中是对高桥有意识的二重生活是持批判态度的。详见上田博，『啄木 小説の世界』、双文社出版、1980年9月，小川武敏，『石川啄木』、武蔵野書房、1989年9月。

② 平野謙、「神経病時代解説」、『現代日本文学全集32巻　宇野浩二．広津和郎』、筑摩書房、1955年12月発行、383頁。

看作是广津和郎的文学出发点，无疑是正确的见解。因此，我们可以从《神经病时代》这部作品中看出知识分子精神状态的延续。

谷崎精二曾指出"性格破产"（character bankruptcy）一词最早出现在精神病理学家马克思·奴尔都的《变质论》（degenerescence）一书中。① 但是，广津和郎在使用这个词汇时，并没有简单地沿用原文的意义，而是给这个词赋予了特殊的含义，他对这一词的理解更多借助于俄国文学。"性格破产"这一词语最初出现在大正四年（1915）他创作的评论《契诃夫的长处》中。在这篇评论文章中，他指出契诃夫把"性格破产"看做俄国最大的不幸，认为是致使俄国堕落的病原菌。同时，广津和郎在自己的作品《两个人的不幸》的序文中，对"性格破产者"一词又做了详细解释，他认为契诃夫的性格破产理论同样适用于日本。也就是说，广津和郎借用契诃夫的"现代俄国的最大不幸是性格破产"这句话，来表现当时日本知识分子阶层的精神病理现象。

"性格破产者"主要是指在污浊的现代社会中，因软弱的性格而无法正确地贯彻自我的人，揭示了一种因自我分裂而痛苦的知识分子类型。这种"性格破产者"的特征在于，随着神经的暗示活动，或从意识和行动的背离活动中，他们可以感受到自意识的过剩。但是，《神经病时代》这部作品中所描写的"性格破产者"，决非那种打破定式的反常

---

① 『中央公論』、中央公論社、1918 年 11 月、47 頁。

识人物，而是当时批评家所揶揄的那种"懦弱的正直人"。这类人物中，以平凡的小市民居多。"非性格破产者通过战胜诱惑或者被打败的形式，被救赎抑或堕落。但是，性格破产者却行不通"。① 广津和郎在他所使用的"性格破产者"这个词汇中，没有"堕落"、"无赖"的印象。但是，当时面临现实生活危机的他，既具有看透自己内心的理想家的热情，也显现出背叛热情的懦弱性格。在他周围那些高唱人道主义的青年知识分子中间，他感受到了他们狂妄、肤浅及缺少行动力。这就衍生出他作品中知识分子性格破产者的主题。

无论是在《我们的一伙儿和他》，还是在《神经病时代》中，主人公都因无法贯彻思想和行动的统一而苦恼。在《我们的一伙儿和他》中，高桥对人和社会有着深刻认识，却不能为社会改革迈出实践的步伐，最终苦于无聊，陷入虚无的境地。高桥这一形象正是日本社会中近代人的形象。当现实的社会状态成为个人理想实现前的障碍而横亘于面前时，当为了实现个人理想而采用的方法不是有效妥当时，人们往往会对人生意义产生困惑。而当时的知识分子（这里特指文艺家）因对现实的误察和曲解，把一时的状态想成永久的倾向，把一个局部考虑成整体的本质，如此一来，他们就会陷入虚无状态。而类似高桥的人物无疑就是这样的典型，尽管他洞察社会，有着清醒的现实认

---

① 広津和郎，「性格破産者のために」『広津和郎著作集・第 2 巻』，東洋文化協会、1959 年、241 頁。

识，却不敢积极地迈出行动的步伐。最终陷入虚无倾向。这种毒害高桥以至当时知识分子的近代虚无思潮，如何与作为生活态度的二重生活对决，应该说是《我们的一伙儿和他》这部作品的真正主题。而在《神经病时代》中，主人公铃木定吉是位年轻的新闻记者，因为孩子的出生，他不得已和年轻的女友同居在一起。无论是在职场，还是在家里，他都感到"周围的一切无聊、寂寞、乏味、痛苦"，整天沉浸在忧郁的情绪中。无论在报社领导面前，还是在朋友和妻子那里，他都突显出作为知识分子的软弱。广津和郎通过对这个人物日常生活的描写，勾勒出"性格破产者"的典型。而靠着微薄收入过活的定吉，则是底层小市民的代表，他的忧郁来自他连命令杂工的勇气都没有，同时也来自他的伪饰，和朋友喝酒总是勉强地付账。在家庭生活内部，他总因妻子对自己的不理解和歇斯底里感到失望。这一切使得他经常发出"可悲"、"这就是生活吗？"的感叹。在惰性的生活中，定吉最终显现出其人格的破裂，进而陷入理性和行为的分裂中。对于像他这种除了小心善良的灵魂之外一无所有的知识分子来说，"人生就是不断承受地狱般苛责"的过程。而这种悲剧不仅来自于因责任感而开始的没有爱情的同居生活，还来自于现实社会的压迫。作品中提到的西门子事件和日比谷的国民大会，似乎都反映了这种闭塞的时代现状，同时也体现了作家的文明批评意识。

无论是《我们的一伙儿和他》中高桥有意识地进行二重生活，还是《神经病时代》中定吉因为自身意志力薄弱而导致的思想和行动的背离，实际上都是一种社会弱者的行为。社会学意义上的弱者，是指因发言能力和社会上的发展机会受到制约，很难获取生活的便利的人。和其他人的生活质量相比较，这些社会的弱者往往处于易受伤害的不利地位。弱者的形成与社会环境以及他们自身的条件等因素有关。具体到这两部作品，主人公虽然具有正确的理论和先进的思想，但是他们却没有表达的勇气，更没有实践的能力。这固然和当时闭塞的社会环境有关，但他们自身的意志力薄弱、性格的懦弱等主观因素更是无法忽略的。而像高桥、定吉这样有思想无行动的知识分子弱者形象，在当时的社会中极具代表性。因此，通过分析这两部作品，对解析日本明治末年知识分子弱者形象有所裨益。

小说主人公们的这种"二重生活"，主要体现在两个层面：一是现实生活中的二重生活、二是思想和实践层面上的二重生活。下面就作品中主人公如何通过自我反省来看待二重生活，以及作者对他们的二重生活又抱有何种批判态度进行探讨。

第一节 现实生活中的二重生活

《我们的一伙儿和他》基本上是以对话为基轴的小说。正如题名所揭示的那样，这是一部以"我们的一伙儿"（身为新闻记者的叙述者'我'，社会部的同事记者剑持、安井三个人）与'他'（高桥彦太郎）的对话所构成的小说。"我们一伙儿"聚到一起喝酒的时候，经常对报社的改革抒发热情，述说着对报社的种种不满。可是到了第二天上班的时候，就像暴风雨过后一般，一切都完全变了样。对于头一天发生的一切，大家都摆出一副毫无记忆的表情。事实上，"我们"除了阐述自己的意见外，对报社并没有什么不满。作品中开始描写的这三人的"二重生活"发生在社会部的会议上。

"奇怪的是，每逢开会的时候，我们这一伙儿就都一言不发了。"① 当编辑提出强化上班时间时，尽管心有不满，却没有任何人提出异议。会议结束后，彼此发泄着不满。尽管心中不满，但在行动上却是保持沉默。之所以如此，是因为自己的发言可能使自己处于不利的境地。会后安井抱怨道：

"你们说，今儿这会开的，显得咱们比往常更没志气了吧？"

"那你干吗一言不发呢？"剑持这样说着"如果你有想表达的事情的话……"

"我要说的话有的是！——可是我又算老几呢？说了又管什么用！"

"怎么不管用？而且能管很大用呢！"

"我可不那么傻。"

---

① 石川啄木、「吾等の一団と彼」、『石川啄木全集』第三卷、筑摩書房、1978年10月初版、374頁。在译文方面，参照了石川啄木：《我们的一伙儿和他》，叔昌译，人民文学出版社，1962年。

"少说泄气话吧！"①

尽管大家对会上的决议不满，却没有人愿意发表自己的意见。之所以选择沉默，是因为阐述自己的意见就意味着冒犯上司，并损害自身利益，因此"我们"都采取了明哲保身的办法。而后，画工松永患肺病的消息在社内流传不久，编辑部里就来了一个新的画工。"我们怀着某种恐惧心情注视着一向办事大刀阔斧的主编的脸色。"但我们社会部三人只是保持沉默，没有对冷漠的主编做出任何反抗的举动。在"我们"看来，畏惧握有编辑部大权的编辑也是生活的必需。

同样，在《神经病时代》中，主人公定吉为了生活方便的二重生活也主要体现在职场上。某日，当定吉建议将老太婆上吊事件重点报道的时候，遭到了社会部部长的反对。在定吉看来，再也没有比老太婆上吊更重大的事件了，比起议会的论战报告等，这种市井事件更为重要。"定吉把那则通信誊写在别的稿纸的过程中，感觉那个老太婆悲惨的死相浮现在眼前。他在小时候，曾在女仆的背上看到过附近的老太婆上吊。"② 在定吉眼里，私人事件比起公共事件要重要许多，在此体现了定吉的人道主义心情。当他苦于

---

① 石川啄木、「吾等の一団と彼」、『石川啄木全集』第三卷、筑摩書房、1978年10月初版、375頁。

② 広津和郎、「神経病時代」、『日本近代文学大系 第40卷広津和郎・宇野浩二・葛西善藏集』、角川書店、1970年、50頁。关于《神经病时代》的译文均为笔者拙译。

如何把老太婆的新闻缩短时，感觉到自己"就像把死人胡乱装进棺木的殡仪馆的男子"那样残忍。从这种对无情的新闻出版业的形象比喻中，显然可以窥探出作者对人性认识的方法和态度。"当老太婆的新闻被缩略为'麻布广尾町内山今早四点在家缢死'简单的一行字时，定吉拼命地注视着。"① 主人公定吉的人道主义思想使他不适应新闻记者的生活，尽管他的人性认识和新闻报道的方式有所抵触，但为了维系生活，他不敢违抗部长的旨意，只能选择妥协。

从以上对社会部我们的一伙儿以及定吉二重生活的描写中，完全可以看出这些供职报社的新闻记者都是想法和行动脱离的人，他们都作出了背离想法的行为。但是，对于这样的二重生活，高桥这个人物，或者说作者石川啄木是否持批判态度呢？答案是否定的。以上描写的这种二重生活是为确保自己身份地位所采取的必要行为。这种行为虽然可能损失一些当前的利益，但对于保全自己的身份和地位却至关重要。也就是说，为了自己的根本利益，人们往往会采取这样的行动。这可以说是一种生活方式。对于这种生活方式，这部作品的作者石川啄木显然是认同的。

　　当社会部会议结束后，剑持说"我本来还以为高桥君会表示一些意见呢！"

------

① 広津和郎、「神経病時代」、『日本近代文学大系　第40卷広津和郎・宇野浩二・葛西善藏集』、角川書店、1970年、52頁。

高桥回应到："我？我可不够资格。说穿了，这还不是资本家和劳动者之间的关系！一方希望尽可能清闲一些，另一方却尽量想让对方多干一些活儿……穷光蛋，不管到哪儿也得服软儿啊！"①

在高桥看来，没有力量的人只能屈辱地活着。在当时的社会现实中，劳动者还不具有破除这种劳资关系的力量。对于这种社会现实，高桥这个作者石川啄木的代言人有着十分清楚的认识。

描写"我们的一伙儿"的二重生活的另外一个重要场面就是围绕逢坂评价的论争。在这次论争之中，高桥的说理起到了自我反省的作用。它使我们更加清醒地意识到"二重生活的本质"。报社同事中有个叫逢坂的，此人卑鄙无耻，令人厌恶，"我们的一伙儿"一向把他当作渣滓看待。针对大家对逢坂的议论，高桥提出了不同意见。他认为逢坂是个思想单纯的人。

> 举个例子说吧，咱们报社里谁最爱跟工友吹胡子瞪眼呢？那要数政治组的高见和咱们组的逢坂了……凡是地位比他高的，就又是那么一副嘴脸。世上确实也有拍马奉承得过于露骨的人，不过达到逢坂那种程度的可不多见。一有闲工夫，他就钻到咱们当中来转

---

① 石川啄木、「百管の 囚と彼」、『石川啄木全集』第二卷、筑摩書房、1978年10月初版、376頁。

悠，讲他那套奉承人的话。可是一有机会，又把他那不知说了多少遍的自吹自擂的一套搬了出来。再不然，就又是"我们近代人如何如何"①但是，事实上我们也是如此。"对地位低下的人毫无顾虑。对于地位比自己高的，不管乐意不乐意，多少总得表示一些敬意。这是人之常情。也是处世的老规矩。——对于同事也是一样，谁也不愿意得罪人。还有，不论是你们还是我，露脸的事总想让更多的人知道。"②但逢坂和我们不同的是：我们不敢把同样的心情象逢坂那样表达出来，"总之，是我们自己磨不开脸儿，做不到那一点。至于理由呢——在这里不能清清楚楚地说明，——请老老实实问问自己的良心吧，我看决不是什么高尚的理由！"③

对此，剑持认为这是"教养和人格的问题"。高桥反驳道："有教养和自我欺骗，至少和自我遮掩意思是相同的。"④ 安井认为"喜欢不喜欢"并没有什么不妥。但高桥认为"拿敢于老老实实地表达自己的感情这一点来说，咱

---

① 石川啄木、「吾等の一団と彼」、『石川啄木全集』第三卷、筑摩書房、1978年10月初版、379頁。

② 石川啄木、「吾等の一団と彼」、『石川啄木全集』第三卷、筑摩書房、1978年10月初版、379頁。

③ 石川啄木、「吾等の一団と彼」、『石川啄木全集』第三卷、筑摩書房、1978年10月初版、380頁。

④ 石川啄木、「吾等の一団と彼」、『石川啄木全集』第三卷、筑摩書房、1978年10月初版、380頁。

们是远远不及逢坂。"① 那个逢坂如果是我们应该唾弃的人的话，那么像我们眼下的这种言行也同样应该被唾弃。最后，高桥以一句"我也无非是闲聊凑凑热闹，并不是有意向你们开火"，收起了争论的矛头。

这种二重生活其实并非局限于作品中的三人。人们在日常生活中也往往会常像逢坂那样行动。这场争论最终以高桥批判逢坂而落下帷幕："但是说实在的，我也讨厌逢坂。因为没有像他那么卑鄙的人。"通过高桥的批评就足以看出作者石川啄木是认同这种二重生活的。而高桥所说的逢坂"思想单纯"、"天真烂漫"实际是对他自我保全、自我显示欲望下行动的另一种说法。那只不过是不顾及他人的利己主义做法。在高桥或是作者石川啄木看来，本来被批判的应该是逢坂。在这里和逢坂的行为构成对比的是"我们一伙儿"的二重生活。而这种生活正是建立在对他者的体谅和自我抑制的基础上的，是人们日常生活的行动原理。诚然在形式上表现为"自欺欺人、韬光养晦"。但从内容来看，是具有社会属性的人所应具有的道德，是应该被肯定的"二重生活"。

从以上与"我们的一伙儿"的辩驳中，可见高桥是认同为了获取生活便利的二重生活方式。但他与"我们的一伙儿"不同的是，他对于"二重生活"以及利己问题有着自觉意识。高桥所认同的这种生活可以称作"有意识的二

---

① 石川啄木、「争笛の一団と彼」、『石川啄木全集』第三卷、筑摩書房、1978年10月初版、381頁。

重生活。"（为了叙述的便利，以下简略为二重生活）。高桥的这种"二重生活"主要体现在处理夫妻关系上。

对于夫妻关系，高桥对妻子很少说出自己内心的真实想法。他认为夫妇关系，比起主张彼此的权利，经常扭打在一起，导致不愉快的记忆，即使稍微愚蠢些，取悦对方，收支相抵更实惠。他的这种认识虽然表面看似想法和行为相背离，但如此忍受"妻子欺负"也无非是为了获取生活的便利，实际上更是为自己打算。而在作品中，作家石川啄木借用"我"（龟山）的口来表达对这一问题的看法。我尽管口中斥责高桥的做法，但还是在现实中实践着某种调和。高桥的行动似乎被赋予夸张的理论，但只不过是"和妻子的妥协"，可归结为夫妻关系"调和"的结果。因此这种二重生活在维系夫妻关系多少都是需要。即便本人的想法和实际行动有所不同，也是生活的需要。特别在文中，通过叙述者龟山的口来认可这种任何人都经历的必需行动。这表明作者啄木也是认可获取生活便利的二重生活的。

第二节　思想与实践意义上的二重生活

《我们的一伙儿和他》中试图描写的，无非是通过给主人公赋予深刻思想而带来的自我意识的苦恼，以此来表现时代闭塞的现状。苦于找不到解决途径的"他"（高桥），最终陷入虚无状态。而小说结尾处，"我"与昔日好友的邂逅，以及给病友写信等情节的设置，都表明了"我"在努力找寻出路的姿态。而这种解决途径，在石川啄木的《时代闭塞的现状》中以激烈批判现实的形式得以体现。高桥的苦恼主要来源于思想和行动的不一致，作为思想先行者的他在看待人性和社会问题上都有着独到的见解。但他虽然坚信有正确的结论，却并不为此付诸任何实际努力。

不同于"我们的一伙儿"，"他"（高桥）对自己的二重生活有着清醒的认识，并通过自我考察和自我批评来实现。在关于逢坂的议论中，"他"不仅揭示了获取生活便利的二重生活本质，更得出了"我们"不能像逢坂那样真实表达感情是因为并不高尚的理由，并由此展开自我反省和自我批评。大胆地窥视自己的内心而产生的人性观察和批评，可以说是这部小说的一大特色。

"那还不一定。——还有，别瞧我这样，有时候我还自以为了不起——你说好笑不好笑，还自以为了不起呢。有时候自命不凡得厉害，哈哈哈。不过也就是两三天的工夫，顶多也不过是一个星期的样子，过了这个劲儿，又反过来，到了一个极端：那时候的心情别提多烦了，简直不知怎样来糟蹋自己才好。"①

窥视自己内心，进而自我批评。具有这种非凡能力的自觉，又往往会使自己感到痛苦。而凝视内心又会发现什

---

① 石川啄木 「平等の一団と彼」、『石川啄木全集』第三巻、筑摩書房、1978年10月初版、384頁。

么呢？无疑是可怕的利己主义。在说出"没有什么高尚的理由"的内省和自我批评中，"他"（高桥）必然对利己主义问题展开逻辑叙述。于是，在某夜展开了以下议论：

"不过你想想看，自私自利这种立场实在是一种痛苦的立场；在你意识到它以后，简直没有比这更痛苦的立场了。不是吗？说穿了，这种立场就是除了自己以外，把一切都当作敌人。因而周围人的一言一行都要对自己发生影响；不论是好是坏，都必然给自己以直接的影响。即使对方并没有想影响的意思，自己的立场却是这样的呢。于是心里始终不能有片刻安宁。你瞧吧，凡是自私自利的感情强烈的人，一旦周围的形势对他有利的时候，他就马上骄傲自满起来；相反地，只要稍微发生一点侵犯他的利益的不顺心的事，他就立刻消沉下来，想干些无聊的事情来出出闷气。在这种时候，他是什么莽撞事都干得出来的。——说实在的，世界上这种人可太多了。这种人有是有，可是他们差不多都意识不到这一点。他们随机应变，找一些站不住的借口来欺骗自己……可是当你意识到的时候呢？恐怕没有比那更痛苦的了。因为一方面得经常忐忑不安地注视着周围事物，一方面还得经常控制着因周围事物的影响而忽上忽下的自己的感情。所以，人一旦陷入这种绝境，就想要拼命地挣脱出来，这已经不是议论的范围了，而是必然的事。办得到办不到都不是问题。说因为是时代的通病就如何如何，毕竟是还没有达到那个地步的人,或者说不必达到那个地步的人所说的话。"①

"他"对利己主义的省察无疑是深刻的。利己主义的发现,虽然有利于不断完善自我,但同时又往往使人对自己感到失望、丧失信心。由此造成的内心挣扎总会使自己痛苦不堪。或许,这就是那个时代知识分子共有的时代病。在"他"看来,共有时代病在所有意义上都不应自豪,特别是对那些以近代人身份自居的文学家,"他"更是反感。同时代的文学家们自诩具有近代人的思想,但利己主义却使他们的行动停留在前近代。石川啄木在《我们的一伙儿和他》发表两个月后写下评论《时代闭塞的现状》,其重要论点在这里已经提示。基于"明日的考察"立场出发的啄木,在《时代闭塞的现状》中大胆对时代的现状宣战,并对其展开批判。这篇热情洋溢的评论与《我们的一伙儿和他》有着显著的不同。众所周知,"大逆事件"② 对石川啄木思想的变化起到重大作用。短短两个月,不仅"大逆事件"给啄木以巨大打击,而且当时文学家、思想家对"大逆事件"的无动于衷对石川啄木的打击更大。对于这种保全自我的"时代病",石川啄木感到极大的愤怒。"大逆事件"之前创作的《我们的一伙儿和他》,无疑为啄木思想的

---

① 石川啄木、「吾等の一団と彼」、『石川啄木全集』第三卷、筑摩書房、1978 年 10 月初版、304 頁。

② "大逆事件"是指 1910 年,反动政府镇压日本的社会主义运动。

转变提供了前提。小说中的"他"不屈服社会,却苦于找不到具体的解决办法,以一颗"如铁般冰冷的心"忍受着残酷的现实。

"我只是对自己丧失了信心","我希望你首先了解,我是一个极端自私自利的懒汉,假定一个人为了某种目的而努力;若问努力所付出的代价比起所得到的收获来哪一个大,那自然是付出的代价大,这一点非凡的人也许体会不到,而平庸的人却谁都明白。当然喽,这虽说不划算,但是也许比不作任何努力,从而毫无所获要强一点。不过懒汉是不会这么想的。过去,我也曾经有过时机一到就大干一场的抱负,可是现在已经打不起那种精神来了。多麻烦呀!"①

此时的啄木扪心自问,得出了自己是"懒汉"的结论,不过通过同样的自我批评,啄木在行动上又前进了一步。这促使他在"大逆事件"后对强权和现实秩序展开了强有力的批判。《我们的一伙儿和他》中的主人公"他"一边自怨自艾,另一方面却有着"野心",试图表达他对社会主义和无政府主义的看法。当被追问自己是否是社会主义者或者无政府主义者时,"他"作出这样的回答:

---

① 石川啄木、「吾等の一団と彼」、『石川啄木全集』第三卷、筑摩書房、1978 年 10 月初版、393 頁。

"我不是社会主义者"① "但是,不是社会主义者并不等于说就完全反对社会主义。不论是谁,只要把它仔细分析一下,或多或少总有一点社会主义的成分呢。连俾斯麦还在内政方面采用了几分社会主义的主张呢。"②

"他"期待人类解放的早日到来。但另一方面却为自己不能为实现这一理想做出努力而苦恼。虽然自己有生之年未必能实现这一理想,但他坚信在遥远的未来一定会实现。这就是他的所谓"野心"。从石川啄木创作这部小说至如今,已历经百年岁月。即便如此,同样的问题,在日本仍被众多知识分子所深究。由此可见石川啄木思想的深刻性。在小说中,石川啄木借"他"的口抒发了自己的人生理想。

"我的野心呀,要等咱们都死了,咱们的儿子也死了,直到咱们的孙子的时代,而且还得等他们上了岁数的时候才能实现。不管咱们怎么着急,这个时代是不会提前到来的。对不?并且,这种野心即使实现了,对我个人说来也无所损益。什么损益也没有。我对这一点再清楚不过了。所以,我对于我的这种野心没有采取过任何手段和方法来促使其实现……自己制造一

---

① 石川啄木、「吾等の一団と彼」、『石川啄木全集』第三巻、筑摩書房、1978年10月初版、391頁。

② 石川啄木、「吾等の一団と彼」、『石川啄木全集』第三巻、筑摩書房、1978年10月初版、391頁。

个机会，然后拼命地去利用它，我是无论如何也作不出来的。作得出来作不出来暂且不谈，我根本连那样的念头也不会有。——没有倒也好。你听我说，时代的演变要比咱们所想象的快得多。每天每天都要发生各式各样的事件。在人类社会里，任何事件都不会单独发生的；这些各式各样的事件在一定程度上全都有着关联。而且这些各式各样的事件还在某种意义上证实我的野心得以实现的时代一天比一天迫近了。很幸运的是，我又是一个能比别人早一天听到那些事件的新闻记者。于是每天在得到证实自己的结论无误的证据以后，都足以使自己感到安心。"①

对于"他"的这番言论，"我"反驳道"你口口声声说什么时代、时代的，我看你在思想上是不是只看到了时代的力量，而过分低估了人的力量——个人的力量呢？当我想到法国革命的时候，我总不能忘记卢梭的名字。"② 他只简单回答道"我只是对自己不抱幻想而已"③。"我"继续追问，"我真琢磨不透你的心思。为什么要妄自菲薄呢？既然你有自以为那么正确的结论，为什么不作一些实际努

---

① 石川啄木、「吾等の一団と彼」、『石川啄木全集』第三卷、筑摩書房、1978年10月初版、391—392頁。
② 石川啄木、「吾等の一団と彼」、『石川啄木全集』第三卷、筑摩書房、1978年10月初版、392頁。
③ 石川啄木、「吾等の一団と彼」、『石川啄木全集』第三卷、筑摩書房、1978年10月初版、392頁。

力呢？我总认为人的一生就是自我创造，此外没有什么别的意义。"① 对于不谙世事的"我"的理论，他只能回答自己是极端的利己者。这句话或许体现了他内心的痛苦挣扎。在某种意义上，这也是作家石川啄木的苦恼。

在石川啄木看来，无论是高桥的夫妻关系处理方式，还是对逢坂的批判等事件中表现出来的二重生活，都是具有社会属性的人，为了继续生活、维持亲密人际关系所采取的必要行动。这种生活方式是为石川啄木所认可的。不过，《我们的一伙儿和他》发表两个月后，石川啄木的认识发生了很大变化，他开始把不同的二重生活区别对待。此时的啄木并非简单地对语言和行动的统一做出肯定的评价，是对获取生活便利的二重生活表示认同。在作品《我们的一伙儿和他》中，高桥有意识的二重生活的内容不同于我们一伙获取生活便利的二重生活。它不是现实生活或是具体人际关系中的"二重生活"，而是个人思想和实践意义上的二重生活。

和高桥一样，定吉对于思想和实践的不一致有着清醒的认识。而这种思考常常最后回到自我反省。他在内心里，一直不断追问缘由。这部小说中反复出现对生活的各种疑问，它不单是针对为什么这样做的疑问，更是主人公定吉对丧失生活目标、连思考自身行动意义的力气都没有的虚无心境所发出的疑问。"他的头脑中，与其说没精神状态的

---

① 石川啄木,「documentの 口と仮」、『石川啄木全集』第三卷、筑摩書房、1978年10月初版、392頁。

人忘记现在，倒不如说，因为没有考虑现在的力量，所以才会浮现沉思无力的空想。"① 缺乏面对现实勇气的人，往往会陷入毫无根据的空想和对过去的回忆中。

  大臣的贿赂事件暴露，党派之间互相攻击。报社间围绕此事，展开不同的报道，表明自己的立场。更有报纸被政党重金收买，其舆论导向受控。"我们一伙儿"所在报社的社长更是通过废除外勤记者的津贴和控股、接受贿赂等方式聚敛财富，过着极度奢侈的生活。定吉所在的S社的政治立场也由支持在野党变节为支持执政党，为了不招致国民的反感，采取登载攻击和辩护言论各半的策略，然后循序渐进地改变为支持执政党的立场。这就是当时报纸巧妙地操纵舆论的方法。为此，定吉每天必须阅读那些攻击在野党的稿件。定吉对于那些专门写诽谤、中伤他人的不道德报纸的无耻做法感到不解。他考虑为什么一定要攻击和自己毫无关系的议员们。这种思考体现了他对新闻出版业的批判。此时的他又发出了"为什么？为什么？"的感叹。而他的答案事实上是不问自明的。但是，"他避免正视现实，而他只有把弱者必须生存于这个现代社会的借口——'为了生活'当作自己的借口，说给自己听。但是，这样的做法当然无法获得成功。因此他就通过时间来麻痹自己，然而，麻痹却到什么时候也不来。"② 定吉总是对自

---

  ① 広津和郎、「神経病時代」、『日本近代文学大系40巻　広津和郎・宇野浩二・葛西善蔵』、角川書店、1970年7月、75頁。
  ② 広津和郎、「神経病時代」、『日本近代文学大系40巻　広津和郎・宇野浩二・葛西善蔵』、角川書店、1970年7月、81頁。

己行动的意义表示怀疑，道德敏感的定吉对于报纸的不道德自然了然于胸。等待时间的流逝，冲淡一切。通常随着时间的流逝，良心的谴责也会弱化，他逐渐感受不到烦恼和痛苦。

为了挽回内阁事件中作为御用报纸的不良影响，社长慷慨激昂地动员社员，大家一致响应。这时定吉想起相川的话："没有秩序，人们都没有自己明确的意见。"① 这句话包含着对于社会整体目的丧失、理想丧失状况的批判。而他的"我到底又有怎样的意见呢？我又到底在过着怎样的生活呢？"② 的自我反省又让他内心难以承受。既然自己没有任何意见，只能在泥沼般的生活中挣扎，那么自己就没有批判社会现状的资格。主人公对自身的反省之所以深刻，正是因为它是动摇主人公生活基础的问题，对此，懦弱的定吉已无法承受。

定吉虽然对社会现实有着深刻的认识，但因自身意志力薄弱，无力改变社会现实。他这种懦弱的性格通过与他人的比较和自我反省体现出来。通过感受到对手的优势，而感到自卑。在朋友的聚会中，"他和河野总是沉默。定吉在这样的场合下从没有加入过议论。他对事物没有意见这

---

① 広津和郎、「神経病時代」、『日本近代文学大系 40 巻　広津和郎・宇野浩二・葛西善蔵』、角川書店、1970 年 7 月、116 頁。
② 広津和郎、「神経病時代」、『日本近代文学大系 40 巻　広津和郎・宇野浩二・葛西善蔵』、角川書店、1970 年 7 月、119 頁。

种东西。"①感性和神经过度发达，对来自外部的刺激就愈发敏感。但因为自己的理性和意志无法驾驭感性和神经，所以连完整的意见也无法表达。

定吉开始想到尽管过着艰难的生活，却满不在乎地每天饮酒、大声谈论人生的远山。看到远山这种极端的生活态度，他"感受到某种不畏人生的力量或者是坚强。在定吉看来，凡事都很极端的人是很强大的。——尽管远山过着荒唐生活，但他对这个坦率、正直的男子心存好感。"②正因为定吉自身意志薄弱，犹豫不定，所以他才会被有行动力的远山所吸引。不仅如此，"他对任何事情都马上感到对手的优势。并且，很小的反省始终都会使他烦恼"。③作为条件反射的自卑感和自我意识过剩，总使定吉感到痛苦。当他面对歇斯底里的妻子时，又会厌恶弱小的自己。具有反省习惯的定吉，其内心的憎恨无法向外部爆发，只有转为内部消化，使其锋芒钝化。自我反省，或者说过剩的自我意识总是在不断弱化定吉的内在能量。当一个人意志力薄弱的时候，弱者的形象就会淋漓尽致地表现出来。值得注意的是，定吉的弱者形象是通过他的内心来体现，这和他高大的外表形成巨大的反差。"他在日本人中算高个儿，

---

① 広津和郎、「神経病時代」、『日本近代文学大系 40 巻 広津和郎・宇野浩二・葛西善蔵』、角川書店、1970 年 7 月、59 頁。

② 広津和郎、「神経病時代」、『日本近代文学大系 40 巻 広津和郎・宇野浩二・葛西善蔵』、角川書店、1970 年 7 月、60 頁。

③ 広津和郎、「神経病時代」、『日本近代文学大系 40 巻 広津和郎・宇野浩二・葛西善蔵』、角川書店、1970 年 7 月、61 頁。

身材适中，外表出众。他五官端正，眼里充满温柔和可爱。但是眉宇之间距离过大，嘴小唇薄，这些似乎都表明他某些地方缺乏意志力的事实。"① 从外表看来，定吉和普通人无异，看不出任何神经病患者的征兆。但文中正是试图通过外表和内心的巨大反差，来体现知识分子的弱者形象。我们在芸芸众生中，往往忽略了高大外表下的脆弱内心。在当时闭塞的时代现状中，或许知识分子的内心才是更应被关注的社会问题。社会和家庭的重压使定吉不堪重负，每天都使他处于精神崩溃的边缘。如果说他尚可接受无力改变社会现实的命运，但懦弱的性格更侵蚀着他的内心。

"时钟指向四点，那是勤杂下班时间。他们开始急忙收拾椅子和桌子。因为胡乱地扫着地板，灰尘向天棚处飞舞。定吉一边皱着眉头，一边从袖兜处取出手绢挡住嘴和鼻子。他想起自己的母亲就是死于肺结核，所以尽量不吸灰尘。但是却不能对勤杂发出'轻点扫'、'别弄出那么大噪音。'等命令，似乎看起来他生来就缺乏命令人的能力。"②

不能命令他人，是因为定吉懦弱的性格。他性格敏感，却没有行动的能力。当意识到自己的无力时，他就会感到

---

① 広津和郎、「神経病時代」、『日本近代文学大系 40 巻 広津和郎・宇野浩二・葛西善蔵』、角川書店、1970 年 7 月、54 頁。

② 広津和郎、「神経病時代」、『日本近代文学大系 40 巻 広津和郎・宇野浩二・葛西善蔵』、角川書店、1970 年 7 月、54 頁。

痛苦。每当定吉对自己的家庭以及公司的事情进行反省时，他总会意识到"像我这样的人过这样的生活是错误的。他开始思考经常想到的事情。但是他避免这种想法触及内心深处"①。同时，他还要对自己过去的生活进行全面否定，试图根本上改变生活本身。但是，他却并没有对错误的生活的原因进行反思，而是随着环境的变化，向安逸的方向发展。尽管他对公报私囊、身陷丑闻的社长萌生怨恨。但也仅仅是愤怒一下而已，他根本没有将其付诸实际行动的能力。定吉对社长和吉田的嘲骂尚可忍耐，但对来自下属勤杂的侮辱则是忍无可忍，他愤怒至极，并掌掴了那个勤杂。事过之后，他的脑海中不断浮现这样的悔恨词句："我打勤杂了，打勤杂了，啊！我是什么人啊。可耻，太可耻了。"② 这种激烈的悔恨来源于他的自我反省，这种反省甚至达到了反省过度的程度。事实上，他的反省不止于此，他甚至会这样想："为什么打勤杂？即便勤杂嘲笑自己，他内心是单纯的。他那个年纪经常做那种事的。但是，那个社长，那个吉田……反正要打，为何不对那些人下手呢？"③ 他虽然有本事殴打没有权势的勤杂，但对社长和吉田等人却是无计可施。定吉为自己的没出息感到懊恼。定吉的这

---

① 広津和郎、「神経病時代」、『日本近代文学大系 40 巻　広津和郎・宇野浩二・葛西善蔵』、角川書店、1970 年 7 月、55 頁。

② 広津和郎、「神経病時代」、『日本近代文学大系 40 巻　広津和郎・宇野浩二・葛西善蔵』、角川書店、1970 年 7 月、98 頁。

③ 広津和郎、「神経病時代」、『日本近代文学大系 40 巻　広津和郎・宇野浩二・葛西善蔵』、角川書店、1970 年 7 月、99 頁。

种反省，从另一个方面来看，实际上体现了他对厚颜无耻的社长和吉田等人的内心反抗。当定吉把一些零用钱作为补偿交给勤杂工的时候，却遭到拒绝，这使善良的他感到极大的痛苦和侮辱。勤杂工之所以敢断然拒绝，还是源自他懦弱的性格。定吉看透了自己的性格，但却无力改变它。

第三节 知识分子的虚无倾向

一、现实生活中的虚无主义者

高桥坚信有正确的结论，却没有实际行动。在作品中，他对"我没有野心，只有结论"作了进一步说明："不是说必须这样做，而是必须变成这样"。"必须变成这样"所表达的意思就是如何看待现实，也就是他对现实的认识问题。现实由个体构成，"必须变成这样"和"必须这样做"这两者应该有着密切的关联。但是，按照高桥"只有结论"的认识理解，高桥虽然具有明确的现实认识，但却并没有实践的主体。因此，他在现实中往往采取旁观的态度，并由此产生倦怠感。可是，如此这般的高桥为何对松永伸出援助之手呢？

松永是报社的画工，年少时就拜在 B 门的大画家门下学习日本画，是 B 门大画家的得意门生。他后来转学西洋画，事情败露后，被逐出门户，作为西洋画家的第一理想也随之破灭。那时，他还曾梦想着从画家转行到美术评论家，但这第二个梦想也因他发现不了"批评的基础"而破灭。此后，他患上肺病，和老母亲一起过着与病魔斗争的生活。就在此时，高桥对饱受疾病折磨的松永伸出了援助之手。事过不久，松永因去外地疗养，将和老母亲一同返回故里。当"我"看到来报社做辞职问候的衰弱的松永时，心里就产生了疑虑，觉得松永的辞职是高桥"残酷的亲切"所造成的。特别是在新桥站送别松永时，每个人都显露出不同的表情，这不同的表情正代表了不同的人物形象。而松永的自画像在剑持身上，这无疑对细心照料松永的高桥来说是不小的打击。

  我突然看高桥的脸。——高桥侧向一旁打了个长哈欠。并且急促地眨了眨眼。类似眼泪般的东西在两眼泛光。火车启动，我们默默地走出站台。然后又默默地走下停车场前面的石阶。
  "啊，"高桥从背后抛出这句话，"松永终于走了吗？""不都是你送走的吗？"安井调侃般地转身说道。
  "是我做的？我看起来有那么大能量吗？"
  安井爽快地笑着，"谁有松永的照片？之前照张像就好了。""剑持那里应该有松永铅笔画的自画像。"我说道。
  那天，"我们的一伙儿"中没有来送行的，惟有前一天因事去镰仓出差的剑持。①

---

  ① 石川啄木、「吾等の一団と彼」、『石川啄木全集』第三卷、筑摩書房、1978年10月初版、399—400頁。

我目睹了照顾松永、为他安排车票、不停忙碌的高桥的"转身的长哈欠"。这时我脑海里浮现出对于高桥"残酷的亲切"的疑念，而且我对当天的疑虑深信不疑。我发现了潜藏在高桥善意背后的生活倦怠。爱开玩笑的安井的话无意之中刺伤了高桥，平日尖锐的理论家此时却丝毫没有辩驳的能力。松永的自画像不在具有献身精神的高桥那儿，而在没到送别现场的剑持那里，这一事实发人深思。松永的自画像在剑持那里，这一事实似乎又使剑持和照顾松永的高桥有了对等的地位。但笔者认为事实并非如此，从文中的表述来看，之所以大家把剑持看作和高桥对等的人物，无非是因为"我们一伙儿"中的成员，许多观点和高桥有着根本的对立。作品中关于剑持对高桥反感的例子虽然随处可见，但却找不到对等的反论。也就是说，在学识和思想方面，剑持都与先行者高桥有着根本的差距。具体到人们对剑持的评价，仅在谈及高桥妻子时，有所涉及。龟山评价他说话尖刻，不招人喜欢。可是一旦与之交往，谁都知道他有着坚固的道德感情。对自己的职务有着很强的义务心，同时常有着支持弱者的性情。但是，他有时有着敏锐的猜疑心，并使之朝着意外的方向发展。不过，这一评价只不过是在对高桥有猜疑、而对其妻子展开调查时间接进行的。从作品中对剑持的描述来看，剑持似乎并不是个举足轻重的人物，但松永的自画像居然会在剑持手里，这一事实显然更能印证高桥的"残酷亲切"，或许在松永看来，这种"亲切"也是一种负担。辞职问候时，松永表现出对高桥的执拗、决绝，似乎也能说明他试图逃离高桥的事实。原本对高桥深奥的世界怀有憧憬的"我",对他产生反感的契机,正是在于"我"发现了高桥对松永的"残酷的亲切"。我看到了来辞职时衰弱的松永,心存疑惑:"这不是高桥残酷的亲切的结果吗"?这种疑惑体现了叙述者"我"对践行二重生活的高桥的批判。

松永生病后,高桥专心照顾起患上肺结核的画工松永。高桥似乎觉得在照顾松永的过程中,能暂时添补自己内心的空虚。尽管高桥内心空虚,但是他并不想对我们袒露自己的内心。高桥曾经这样说过:

"人往往只要稍微和你交往得密切了一点,就表示要和你推心置腹地谈心底里的话,可是你冷静地听听吧。不是别人的隐私,就是对别人的成见,再不然就是幻想。真讨厌。发泄对老婆的不满,说一些叫人听了都怪害臊的自吹自捧的话又有什么用呢?报社里最近不是来了个挺特别的校对吗?那天我跟他同搭一辆电车,随口问了他一句:'怎么样?干你们那活儿够憋闷的吧?你猜他怎么说?''哎,这是跟您,我才说句心里话,实在太无聊了。'他这句话说得有板有眼的,就像唱戏道白一样。还说他曾在家乡的报社里担任过第三版①的主编啦什么的,我跟他说了声'回见',半

---

① 当时日本的报纸共分四版,第三版主要刊载社会新闻。

路就下了车。"①

　　高桥的这段话，与其说表示像高桥这样的人讨厌告白，倒不如说是这类人在内心已无法完成告白这一行为。高桥是作者通过明锐的观察力，所描绘出的闭塞时代中的不幸人物。夏目漱石的作品，通过对伦理的叩问，来完成知识分子的自我救赎。而创作出高桥这一人物的作者——石川啄木则以该作品为出发点，在此后不久，通过"明日的考察"试图克服人格分裂和孤独。在作品中，松永回乡后，高桥曾请求剑持教自己下围棋。就在这个时候，安井揶揄道："松永回到故里，你也必须考虑其他的消遣法了吧？"听到此话，高桥打了个冷战，什么也没说。如此被伙伴调侃，高桥之后也有了显著的变化。在我看来，"从那时开始，他的样子有些变化。我感觉他的心里出现了莫名的空隙。并且我深感那个空隙并不是通过我们能填满的。"② 此时的高桥陷入了虚无状态，之后和龟山也不来往了。在病友松永回故里疗养后，高桥便试图通过看电影这一行为填补内心的空虚。高桥请假独自在浅草电影院看电影，却被采访的同事发现，成为了同事们的笑料。对此，他列举出两个理由。一个是在拥挤的观众中首先没有批评。

---

① 石川啄木、「吾等の一団と彼」、『石川啄木全集』第三卷、筑摩書房、1978年10月初版、390—391頁。

② 石川啄木、「吾等の一団と彼」、『石川啄木全集』第三卷、筑摩書房、1978年10月初版、401頁。

"那些人首先是什么也不批评，并且也没有得失的打算。当然，他们也一定都是各自有要紧事情要办的人，可是一旦到了那儿就把心事忘得一干二净了，只想把廉价买来的乐趣尽情地享受一番。"①

另一个理由就是：

"我昨晚看了一部汽车比赛的片子，只见砂尘起处，汽车象一颗炮弹似地从对面高处笔直的陡坡上直冲下来，简直妙极了。使人看了惊心动魄。当你看着这类场面的时候，紧张得透不过气来；你不仅是呆在一个没有批评的地方，而且自己也没有进行批评的闲暇。——近来我常想，如果能以看电影时候的心境度过这一辈子，该有多好啊。"②

与其他近代小说中主人公通过大自然来消解内心苦闷的做法不同，高桥选择了看电影这一方式。对此，他解释为"大自然这玩意儿虽说没有批评，可同时也有过于冷漠的地方；我们到它那儿去了，它对我们却毫不理睬。所以像我这样的人，不论是到山上还是到海滨去，立刻就会感到腻烦，由于无事可做而只好开始进行自我批评。说到这

---

① 石川啄木、「吾等の一団と彼」、『石川啄木全集』第三卷、筑摩书房、1978 年 10 月初版、406 頁。

② 石川啄木、「吾等の一団と彼」、『石川啄木全集』第三卷、筑摩书房、1978 年 10 月初版、407 頁。

一点，电影可真是好东西啊。"① 为敏锐的自意识所困扰的高桥通过看电影这一行为，无非想要蒙蔽自己。在这里，孤独知识分子的内心世界被鲜明地刻画出来。他的批判越接近事物的本质，也就越难转换为现实中的力量。在批判的过程中，他往往会被批判本身所困扰。事实上，这种对自意识敏锐的把握，在石川啄木的短歌中就已形成。不过，与之相比，《我们的一伙儿和他》所塑造的因自意识而苦恼的知识分子形象要丰满许多。

啄木创作《我们的一伙儿和他》的时候，当时正忙于二叶亭四迷全集的编辑工作。二叶亭四迷的文学理念给石川啄木带来很大影响。在晚年的二叶亭四迷看来，文学很无聊，缺乏价值。动笔创作的时候，总觉得没有空隙。他总是因无法集中精神写作，而内心苦闷。二叶亭四迷所叙述的创作上自意识的苦恼，虽然与石川啄木的苦恼根源不同，但这种相同的关于自意识的苦恼可能对石川啄木作品相关部分的成立，有一定的影响。在石川啄木的《罗马字日记》中，就有主人公经常去浅草"十二楼下"买春、麻痹自己苦恼意识的记述。

在看电影部分的描写之后，高桥便从作品中消失，他今后的命运究竟如何，作品中并没有提及，从作为主人公的描写这层意义上讲，这可以说是一篇未完结的小说。在小说创作过程中，石川啄木在写给岩崎正的书简中写到：

---

① 石川啄木、「吾等の一団と彼」、「石川啄木全集」第三卷、筑摩書房、1978年10月初版、407頁。

"我在审视着自己。我已经丧失了对命运、境遇、社会状态，以及我自身性格反抗的力量。长时间的苦战，在还没有分出胜负的时候，我已经无条件撤兵。并且如今，用检察官般冷酷的眼神审视着命运。边说着为了自己应该笑还是不笑，边审视着自己。"①

在同一书简中，他还提到在《我们的一伙儿和他》中想要描写的现代主要思潮，在他看来，无非是通过给主人公赋予深刻的思想而带来的自意识苦恼，以此来表现时代闭塞的现状。苦于找不到解决途径的他，最终陷入虚无状态。作品中结尾处描写我与昔日好友的邂逅，以及给病友松永写信等情节，都表明了"我"在努力找寻出路的姿态。而这种解决途径在《时代闭塞的现状》中，以激烈批判现实的形式得以体现。

二、虚无主义与自然主义文学

在《神经病时代》中，主人公定吉也试图逃离社会现实。他想去静谧的乡村，闲暇之余阅读托尔思泰。他厌倦繁杂的都市生活，试图去乡村享受安静的生活。当时在日本社会流行的托尔思泰思想否定都市生活，向往简朴的农村生活。这种倾向在当时的知识分子中间扩展。但是对于出生在东京的定吉来说，这不过是毫无根据的空想。在现

---

① 岩崎正宛の書簡、1910年6月13日、『石川啄木全集』第七巻、筑摩書房、1979年9月初版、301頁。

实生活中，定吉对自己每次抢着买单的行为感到吃惊。"不知道什么驱使他"的疑问，表明定吉连自己的发言和行为都无法驾驭，表示他主体性的丧失。在作品中，定吉不断感叹"啊！可悲，这是生活吗？"① 这种感叹决非仅仅针对工作单位和家庭而发出，而是对于生活整体抱有虚无的绝望感。对惰性生活的无动于衷，不常把喜怒哀乐表现出来，显示的则是定吉疲惫的心情。当替河野向爱慕的人表白失败后，他的内心又在不断追问"为什么？为什么？"这部小说中反复出现的疑问，可以说是主人公定吉丧失生活理想，连考虑自己行动意义的力气都没有，由这种虚无的心境所发出的疑问。

"我想向你坦白，"定吉用孱弱的声音说道，"我非常不幸。"

"是啊，你的状态非常悲惨。"相川答道。

"我想从根本改变如今的生活。我快窒息了。我想隐居乡间。我想静静地使大脑恢复……哎，你，我想和妻子分手。"②

这和前面"像我这样的人过这样的生活就是个错误"相呼应。定吉梦想在乡村过恬静的生活，并且把自己平时

---

① 広津和郎、「神経病時代」、『日本近代文学大系 40 巻　広津和郎・宇野浩二・葛西善蔵』、角川書店、1970 年 7 月、67 頁。

② 広津和郎、「神経病時代」、『日本近代文学大系 40 巻　広津和郎・宇野浩二・葛西善蔵』、角川書店、1970 年 7 月、119 頁。

潜在的愿望向相川告白，寻求相川的同意和支持。他决定分手后负担妻子的生活，做个负责任的男人。

"（想到未来的生活）定吉的心快活起来。一想到恬静的生活，怀念地叫人流泪。"①

在此，可以窥探出主人公无法忍受来自都市日常生活的刺激。但理想中的生活真是唾手可得吗？当他看到理想家远山的落魄时，又开始觉得一切都那么不可信。远山的妻子为筹钱回到娘家，久久未归。远山带着两个孩子，被房东赶出来。他感到不可思议。平时丝毫不畏惧生活的远山，现在却是如此落魄。对此，定吉不知道生活中还有什么可以相信的了。当他决定和妻子分手，开始新的生活时，却得知妻子怀孕的消息。

"他头脑中以惊人的速度开始运转……恐怖的绝望、无以言表的痛苦。但是，同时他必须考虑为妻子雇女佣的事情。"②

妻子二度怀孕使他之前的离婚计划落空。意识到现实的残酷时，定吉无比绝望和郁闷。生活又回到了原点，他

---

① 広津和郎、「神経病時代」、『日本近代文学大系40巻　広津和郎・宇野浩二・葛西善蔵』、角川書店、1970年7月、120頁。

② 広津和郎、「神経病時代」、『日本近代文学大系40巻　広津和郎・宇野浩二・葛西善蔵』、角川書店、1970年7月、124頁。

的苦恼也将无休止地持续下去。

以上就两部作品中的二重生活做了简单论述，无论是作家石川啄木，还是广津和郎，都对现实生活中的二重生活表示认同，但两位作家的理解方式不尽相同。对于高桥的二重生活（现实生活层面的二重生活），石川啄木基本是认同的，在他看来，这是生活的基本原理。他的这种认识显然与两个月前有着很大的不同。之前的石川啄木把"二重生活"看做是卑怯、虚伪的生活方式，是对伦理道德的否定。在作品中，作为石川啄木的代言人的高桥对人和社会有着深刻认识，但是他却不为社会的改革迈出实践的步伐，最终苦于无聊，陷入虚无的境地。而他这一形象正是近代人的形象。当现实的社会状态成为实现个人理想的障碍横亘于前，抑或为了实现个人理想而采用的方法不是有效妥当之时，人们往往就会对人生意义产生困惑。当时的知识分子（文艺家）因对现实的误察和曲解，把一时的状态想成永久的倾向，把一个局部考虑成整体的本质，他们就很容易陷入虚无状态。而高桥无疑就是这样的典型，尽管他洞察社会，有着清醒的现实认识，却不积极地迈出行动的脚步，最终陷入虚无倾向。因此就有了"毒害高桥以至知识分子的近代虚无思潮，和作为生活态度的二重生活如何对决，是《我们的一伙儿和他》真正的主题"[①] 的论断。

---

① 小田切秀雄、『日本近代文学 近代日本の社会機構と文学』、青木書店、1955 年、203 頁。

毫无疑问，高桥的身上投射了许多啄木自身的影子。高桥渴望"无批评的场所"时的心境或许和创作《玻璃窗》（1910年6月1日）时石川啄木的虚无心境相契合。

"没什么有趣的事吗？"
"没有。"
"没有。"
那样说完缄默，莫名焦躁不快的心情如沉淀物般积淀下来。①

这种虚无心境的产生和当时盛行的自然主义文学有着密切的关系。自然主义文学过多地揭露现实的弊端和人性丑恶，很容易使人们对生活丧失信心，并陷入虚无倾向。在这样的背景下，石川啄木在《玻璃窗》中模拟虚无主义者的口吻，来谈论使现实生活与文学接近的自然主义文学。在言及"静观和实行"论争时，啄木认为文学和现实人生都具有不同性质的固有领地，因此"自然主义文学"只不过是将现实生活与文学简单联系起来。在作品中，啄木也曾借高桥的嘴来阐述自己对自然主义文学的看法：

"自然主义者装出一副旧道德破坏者的面孔，其实那是本末倒置。因为是旧道德先发生了裂痕，然后自

---

① 石川啄木、「硝子窓」、『石川啄木全集』第四卷、1980年3月初版、筑波書房、250頁。

然主义这种东西才从那个裂缝中发出芽罢了。"①

同时，高桥还对自然主义的界限和发展展开论述。按照高桥的说法，自然主义的批判性有局限。打个比方，无论修缮房屋，还是翻盖房屋，房屋其本身大体上没任何变化。尽管形状和材料不同，地基、屋顶、支柱和墙壁是必需的。说破坏是夸张。"家"是"家族主义国家"社会的基本单位。在坚固的地基上筑起的近代国家中，隐藏着自然主义文学和现实对峙的问题。具有清醒的现实认识、却深受虚无倾向毒害的高桥，可以说是知识分子所表现的"现代的主要思潮"的一个文学形象。文明批评家田中王堂（喜一）对这一时期石川啄木的思想影响巨大。田中王堂在关于知识分子个人与社会冲突的论述中，这样写道：

"个人追求欲望越强烈，所感受到的痛苦就越敏锐。其结果，主观上强于前代，在社会和个人之间，冲突加剧，在目的和方便间，感到更加龃龉，这是事实。"②

田中王堂承认个人和社会间的冲突，以及目的和方法间的龃龉这种近代社会的特征。（关于田中王堂，啄木曾经

---

① 石川啄木、「吾等の一団と彼」、『石川啄木全集』第三卷、筑摩書房、1978年10月初版，387頁。

② 田中王堂、「生活の価値生活の意義」、『新小説』、1909年12月、57頁。

这样写:"我承认从田中喜一的批评中汲取重要的教训。"①)近代的虚无倾向以"生活的统一和彻底"为口号,和期待与将来的日本人健康的生活哲学相对应,由此开始遭遇生活哲学的挫折②,进而处于把"二重生活"当作命运凝视的立场,对生活产生了绝望。③ 而《我们的一伙儿和他》在思想上与之相连,知识分子在试图寻找解脱的方向。作品通过高桥和"我们一伙儿"的接触、对立和矛盾,展现了"现代的思潮"——虚无倾向、人的颓废、人生的倦怠以及二重生活的本质。主人公高桥通过认识二重生活本质的过程,来决定把"认识"和"行动"往哪个方向统一。在"我"背离高桥,给松永写信的时候,已对自己的人生方向有了清醒的认识。意识到自我存在的"我",通过给病友松永写信的行为,表明我已经迈出了面对现实的重要一步。这实质上是把认识和现实相结合的过程,是在强化人的主体行为。同时更可理解为这是我已逐渐恢复了对人信任的过程。

在《我们的一伙儿和他》中,高桥认为观念是不能超越时代的。那只不过是哀伤的梦而已。但是对于身处闭塞时代,自己并不绝望。现实无法立刻改变。但是默默忍受

---

① 石川啄木、「一年間の回顧」、『石川啄木全集』第四卷、1980年3月初版、239頁。

② 宮崎大四郎宛の書簡、1910年3月13日、『石川啄木全集』第七卷、筑摩書房、1979年9月初版、第296頁。

③ 岩崎正宛の書簡、1910年6月13日、『石川啄木全集』第七卷、筑摩書房、1979年9月初版、301頁。

现实，就能坚持到时代变革的到来。当谈及社会主义问题时，高桥也只有"必须变成这样"的结论。说野心也罢，随着时间的推移和时代的发展，自己的野心会得以实现，哪怕历经几代人的努力，至少目前的种种事件印证了这种可能。因为他自己是新闻记者，所以他很清楚，"如果获得证明自己结论的正确性，一个人也会安心。"这种看准现实的发言，尽管绝望，但还是对未来作出了展望。对此，高桥说只是对自己失去了信心，自己是极端利己的懒汉，不肯为时代发展付诸行动。但同时，他讨厌成为时代的牺牲，想平凡地死去。

高桥的认识不是过于看清个人的力量，而是承受了现实的重压，知道单靠一己之力无法撼动社会。而且，他不知道对于展望时代必然会发生变化的人来说，应该如何在现实中发挥自己的能量，为此而深感苦恼。即便他所信赖的伙伴龟山，也未必能理解高桥的这种思想。因此，绝望和希望并存的高桥形象被生动刻画出来。在此，我们看到一个清楚认识社会现实、具有历史展望，但却没有能共享思想的友人的孤独者。孤立，却在苦苦找寻着连带感的先行者，高桥这一知识分子形象可以说投射了作家石川啄木的影子。只不过作家石川啄木却比高桥要先行一步，与摆脱高桥残留的龟山形象相重叠。对此，猪野谦二曾评价高桥：

"归根结底，这似乎才是最有现实性，并且不妥协也不屈服的生活方式。初看，给人以被社会疏离，抑或玩世不恭的人物感觉，但是所具有的决非是虚无情绪。如果称做虚无主义者，那作为自觉的个人主义思想的极限，是很积极有意志的虚无主义。以摒除自我发现外无意义的乐观自我主张的形式，实际上，比任何人都强有力地为贯彻自我的统一和生活的彻底而苦战。"①

即便如猪野谦二所指出那样，高桥身上所体现的积极的虚无主义，实际上也是一种逃避现实、无力改变现状的懦弱表现。高桥通过对自身的反省，来认识自己的不足。当发现自身存在的利己主义时，感到失望和痛苦。虽然有着卓越的思想和清醒的意志，但因所受的挫折太多，过分地强调外界社会的阻力，他已无力采取行动。相对于高桥有意志的虚无主义，《神经病时代》中的定吉因本身性格的弱点，完全丧失了主体性。虽然对社会不公平事件心存不满，对繁杂的家庭生活感到厌倦，却只是一味地忍受。如果说高桥是敢于批判现实，但仅止于行动的典型人物的话，那么定吉因为懦弱的性格，连主张自己权利的勇气也没有。从有思想无行动的高桥到丧失思考生活意义的定吉，知识分子的弱者形象不断得到深化。因深刻的自我反省，而认识到深藏于内心的利己主义和自身的无力时，就会对自己丧失信心，陷入虚无主义倾向。反映在明治末期到大正初

---

① 「啄木の小説」、1961年6月、『明治の作家』、岩波書店、1966年11月、173頁。

期小说中的弱者形象的形成，固然与当时闭塞的时代现状和虚无主义思潮有关，但通过分析高桥和定吉这两个典型人物形象，我们会发现知识分子刻意逃避现实的客观事实。过度的自意识使他们发现自身的弱点，但他们并不是通过行动和脆弱的意志做清算，而是采取避免触及内心深处的调和方法。这种知识分子主观上逃避现实的做法也是弱者形成的一个重要原因。

第四节　作家的主体意识

　　石川啄木的最后一篇小说《我们的一伙儿和他》是从正面描写新闻记者，直入每个记者内心的作品。而现实地描写新闻记者之间的人际关系的小说，可谓寥寥无几。啄木在创作《我们的一伙儿和他》时，脑海中一定浮现自己作为北海道的新闻记者，特别是在钏路担任编辑时的生活经历。从作品中高桥的对话中多少能看出作者的影子。

　　报社里最近不是来了个挺特别的校对吗？那天我跟他同搭一辆电车，随口问了他一句："怎么样？干你们那活儿够憋闷的吧？"你猜他怎么说？"哎，这是跟您，我才说句心里话，实在太无聊了。"他这句话说得有板有眼的，就象唱戏道白一样。还说他曾在家乡的报社里担任过第三版的主编啦什么的，我跟他说了声

'回见'，半路就下了车。"①

上述描写一定是基于啄木自身担任钏路报纸主编的切实体验。关于《我们的一伙儿和他》，吉田孤羊认为"以往的啄木小说里，不论贤愚善恶，势必有个突出的主人公。啄木的放大镜会一味地附着在主人公身上。而在这篇《我们的一伙儿和他》中，在极其平面地描写平凡现象的同时，却给人不可思议的深刻感动。特别对这篇感兴趣的是，作品中的每个人物身上都或多或少地反映出石川啄木自身的性格。"②在《我们的一伙儿和他》的开始处这样写道：

"人，只要一多了，就免不了要各自结伙儿，于是党派这玩意儿就形成了。按说这也不是什么新鲜事，就拿我前些日子还在那里工作的T报社来说吧，就曾有过这种情况。其实人们也并非打一开头就提出什么主张或宗旨，然后纠结到一块儿的，再说也没有人打算标榜什么，当初只不过是五六个满腹牢骚的人互相往一块儿凑，不料格外气味相投，弄来弄去就造成了一种氛围。先是彼此来往得密切了，到一块儿无话不谈，合着搞一些业余写作，赚几个稿费，时或找个聚会的地方一块儿喝几杯——也不过如此而已。但是对

---

① 石川啄木、「吾等の一団と彼」、『石川啄木全集』第三卷、筑摩書房、1978年10月初版、390—391頁。
② 吉田孤羊、『石川啄木全集第二卷』解説、改造社、1930年12月、368頁。

我们来说，这聚首畅饮的时刻，恐怕要算是最得意最痛快的时候了：这一则是每个人都是心直口快的直筒子，二则酒量全都不大，几盅下肚就晕晕乎乎的了，乘着酒意漫无边际地大谈其抱负，直到夜阑更尽。在东拉西扯，你叫我嚷的当儿，总不免要提起报社的事，于是就有人用他那充满血丝而又睡意惺忪的眼睛环视一下全座，然后像演讲似地用慷慨激昂的声调说出什么'我党之士，非大干一番不可……'之类的话来。究竟要干什么？局外人听了当然无从了解，而在座的人心里都很清楚。至少对这句话所表达的感情是十分理解的。因之当场纷纷表示赞同，说什么：'说得对极了。'或者'当然得干'等等。嗬，这么一来好戏可就开场了：个个伸出涨得火红的脸膛来发表见解，仿佛明天就要用他们的手来完成报社的改革似的。提到平素合不来的那些同事们，就冠之以什么狗腿子、败类、纸老虎、啤酒瓶之类的外号，把他们骂得狗血喷头，一文不值。一个人用筷子敲着小碟的边儿，气势汹汹地说报社简直不懂得礼贤下士之道；把咱们跟那些下贱东西一视同仁，真是岂有此理。"①

上述内容以一种亲切的叙述方式，描绘出"我们的一伙儿"——这一极其普通的下层善良知识分子的寂寞日常

---

① 石川啄木、「吾等の一团と彼」、『石川啄木全集』第三卷、筑摩書房、1978年10月初版、370頁。

生活。叫做龟山的"我"是这个集团的一员，和不久进入这个集团的"他"高桥彦太郎构成了作品中主要的人物关系。作品从"我"的角度，看待"他"与"我"的交往。正如以往的研究中所提到的，对于高桥作为小说的主人公这一点，研究者已形成共识。在作品中，"我"仅仅作为观察者被描写，而"他"所深入的内心世界，已经远远超出包括"我"在内的一伙儿。也就是说，作品能描写出如此深邃的"他"，某种意义上，是分享了作者啄木内心世界的结果。当然，"我"所代表的善良的底层知识分子形象也如此，以不同的表现形式展现了石川啄木的另一个侧面，从这篇小说的叙述者的表现形式，以及啄木书简中亲切、深邃的叙述方式便可得知。不过，通过仔细阅读，就会发现石川啄木描写的重点是在表现"他"的世界上。

也就是说，这篇小说并非私小说。石川啄木内心世界的两个方面由"我"和"他"来分别表现。一方面"我"或者"我们的一伙儿"所代表的平凡知识分子，另一个方面则是虽然和"我"有共通之处，但却以一种异己的方式突显出来的"他"。作品中分两个部分来客观地展开。当然，这种方式并非是简单的两分法，而是通过和"我"的接触，来描写一个看似难以琢磨，但却对社会和时代有着批评力的"他"。"他"作为那个时代的特例，虽然具有先进思想，却也因此陷入孤独和苦恼。尽管"他"已达到相当批判高度，却因缺少理解自己的同伴而孤独烦闷。为了缓解这种痛苦，"他"只有通过照顾患病的画工松永，才能填补内心的空隙。除此之外，"他"再没有什么积极的行动。因此，在作品中也就没有关于行动的描写，只有通过和"我们一伙儿"的接触，所表现出来的内心的卓越和闭塞。总之，这篇作品的主人公是"他"，只不过是通过"我"以及"我们一伙儿"来突显"他"而已。

这部作品创作于明治四十三年（1910），正值自然主义文学兴盛时期。但是，日本自然主义文学的主流开始于1909年岛崎藤村的长篇《破戒》到翌年田山花袋的短篇《棉被》，由此，私小说的特质明显地表露出来，作家为了营造出作品的真实性，往往会把作者的"我"当做作品的主人公来描写。岛崎藤村就在他的代表作《春》中，直接把自己放入作品的中心进行描写。而处于这一时期的石川啄木并没有采用私小说的方法，而是把作者自身的内心，以及理想和批判都投射到他作品的主人公身上，至于在现实中，究竟采取哪种生活方式，通过作品中的客观描写，可以看得出啄木心中似乎早有答案。在石川啄木最初的小说《云是天才》的前半部分，他就曾经把自身放在作品中心，通过对边境民不屈精神的描写，对闭塞的村落和落后的教育制度展开激烈批判，创作了一篇极富激情的作品。在四年后的《我们的一伙儿和他》中，石川啄木又成功地塑造了具有不断深化的思想和尖锐的批判力，不向社会屈服、却又因无法撼动现实而苦恼的知识分子们。啄木在创作这部小说时，不同于以往作品，他在现实的生活关系中，客观地由作品中的"他"来分享自己的内心世界。同时通过对主人公深刻的描写，来折射出闭塞的时代现状。尽管在客观描写现实方面，这部作品与自然主义文学作品异曲同工，但在思想性上远远超越自然主义文学作品。

　　石川啄木自身的深刻思想和精神世界不被大众理解，遭到疏离，甚至被冷眼看待。因此，通过作品中"他"的描写，可以使更多的人了解自己的思想和内心，这对石川啄木具有重大意义。《我们的一伙儿和他》的创作方法，因石川啄木在作品未完时患病，没有得到充分的展开。不过，夏目漱石的《行人》（1912.12—1913.11）和《心》（1914.4—8）中似乎也运用同样的人物描写方法。同为朝日报社职员，石川啄木不仅承担校正工作，还担任《二叶亭四迷全集》的编辑和主持"朝日歌坛"，和同一报社的专职作家夏目漱石虽有接触，但从两人创作方法的形成来看，很难说夏目漱石采用了石川啄木的人物构思方法。1912年夏天，《我们的一伙儿和他》以连载的形式刊载在《读卖新闻》上。《行人》从1912年12月至1913年11月连载在《朝日新闻》上。显然，夏目漱石的创作风格是在《我是猫》、《哥儿》等自由小说写作过程中逐渐形成的。单从形式上看，这两部作品都有主人公和副主人公的存在，有着惊人的相似之处。在《行人》、《心》中，一郎和先生可以说是夏目漱石的分身，而二郎和青年却也共享了作家的某个精神层面。在《我们的一伙儿和他》中，对人性和社会现状有着深刻认识的先行者高桥，无疑是作家石川啄木的一个侧面，而最后脱离高桥，试图将思想和实践相统一的"我"，则代表了处于思想转变时期的石川啄木形象。石川啄木的最后一部小说《我们的一伙儿和他》在形式上，采用对话方式展开。巧妙运用对话技巧的作家，以明治三十年代的国木田独步、夏目漱石为代表，到了明治四十年代以后，有更多的作家运用此技巧。但具有讨论性质的小说，《我们的一伙儿和他》应该是最早的小说之一。作品中讨论的部分，又明显区别于大正时期白桦派作家作品中具有思辨性质的内容。正如题名所揭示的那样，通过"我们的一伙儿"和"他"的对话、对立，使主题逐渐浮现。猪野谦二所指出的"一种难读"并不在于可以将"我们的一伙儿"和"他"简单地对立起来。

"就高桥这个人物而言，总觉得啄木还处于肯定或否定他这个问题之前的状态，因此即便读完整篇作品，还是难以理解，不如说是来源于当时啄木自身的主体条件吧。"①

啄木内心虽然还处于混沌状态，但在逐渐整理内心的同时，他努力使主体内心统一强化。这一方向性在《我们的一伙儿和他》的创作过程中已初见端倪。高桥与"我"、剑持、安井、松永等人的关系尽管显示出了个人的差异，但大多都是作为批判高桥的对立人物来设定的。其中，剑持、安井、松永等人与高桥的距离显而易见，但高桥与"我"的关系却似乎比较模糊。当然，这与作品中的"我"站在了叙述者的立场不无关系。但是，"我"对高桥的看法

---

① 猪野谦二、「啄木の小説」、『明治の作家』、岩波書店、1966 年 11 月、147 頁。

在后来有了根本性的改变。这主要源于他对松永的"残酷的亲切"。原本对具有远识卓见的高桥怀有憧憬之情的"我",在送别松永的场面中,发现了高桥善举背后的"残酷的亲切"以及他在日常生活中表现出的颓废和倦怠。于是我逐渐远离高桥。最后的章节是这样描写的:

"别离松永已一年。某日从报社回去的电车中,我邂逅昔日并不要好的老友。我已忘却往日对此友的感情,怀着怀念喜悦的心情,互诉彼此近况。而季节已夏转秋移。

回到家,毫无缘由地收拾起桌边。并且从坐垫到廊子挂着的防晒簾等夏季用品都收起来。有种愉快、清新的心情。过了片刻,我那天晚上,给病友松永写了自新桥分手以来的第一封信。"①

我爽快的心情与经常被高桥所影响的焦躁、倦怠形成对照。而这种心境可以说是在内心对高桥残余印记的清算。此时的石川啄木在思想上发生了明显的变化。之前的石川啄木不加区别地批判现实生活中的二重生活以及思想和实践层面的二重生活。把两者都从"利己"的立场去理解,采取全盘否定的态度。但在《我们的一伙和他》中,啄木把批判的焦点放在理想主义信念和"利己"的立场的矛盾

---

① 石川啄木、「吾等の一団と彼」、『石川啄木全集』第三卷、筑摩書房、1978年10月初版、408頁。

（二重生活）上。石川啄木在作品中描写了高桥的矛盾内心，并试图站在"利己"的立场来解释内心的挣扎。对此，石川啄木曾有过以下论述：

"去年的秋末遭受打击以来，（妻子节子的出走事件，这是各种事态的集中体现）我的思想急剧变化，感觉我已处于游离状态。（中略）身心两方面的生活的统一和彻底，这是我的口号。我为此努力，努力做到勤奋。并且最终在我如今的生活中，想要把生活真正地统一时，其结果是发现了生活的破坏。——你，这不是我桌上的空谈，我的人生，如今已经到了无法统一、支离破碎的程度。——这个发现，成为行动者的一个致命伤。并且我如今还在改变。——尽管还不确切，但我开始认为生存在这个世上，除了经营新意义的二重生活，别无他法。不是毫无意义的二重生活，是自身意识的二重生活。我常把自己一个人的问题和家族关系、乃至社交关系的问题区别对待。当然二重生活不是真正的生活，对此我深知，但是除此之外，别无他法。因此不得已，生活本身就是陷阱……既然无法逃脱，就要装出坠落陷阱的姿态，决不把自己给别人看……"①

---

① 宮崎大四郎宛の書簡、1910 年 3 月 13 日、『石川啄木全集』第七卷、筑摩書房、1979 年 9 月初版、296 頁。

在这里，啄木把构成生活本身的人际关系、思想和实践意义上的统一区别看待。在现实生活中，努力掩饰自己内心，试图与周围调和的过程就是使二重生活相统一的过程。值得注意的是，行动的表现形式与文中提到的现实中的二重生活完全重叠，在此，既包括在职场的人际关系和夫妻关系中，所表现出来的是伪装的自我，这与"我们一伙儿"和他（高桥）的行为大体相同。所不同的是评价，从否定伦理的负面评价到作为人们生活必要行动的积极评价，这种评价的变化引人注目。这种评价的变化，与石川啄木在《浮现在心中的片段感觉和回想》中对自然主义者的批判（针对天溪、花袋的批判），以及在《性急的思想》中的"近代人"批判（限定在对同时代文学家的批判）相互呼应，从而形成了不同的批判形式。但在这部作品中，石川啄木以批判高桥的形式呈现，之所以必须批判，是因为主体思想和实践的不统一，这往往会发展为侵蚀内心的虚无主义。对此，上田博在《石川啄木抒情和思想》中，有以下叙述：

> "把自然主义的隔一线（文学、人生、艺术、实行）态度当做人的卑怯进行（《浮现在心中的片段感觉和回想》）激烈批判的啄木……重点放在高桥彦太郎的实体描写上。进一步从啄木自身来说，可以理解为把自身沉浸在自然主义美的谛观中描写高桥。"①

---

① 上田博、『石川啄木抒情と思想』、三一書房、1994年3月、171頁。

当然，具体到这两个月石川啄木前后的思想变化来说，其短歌的创作和大逆事件的影响应予以考虑。在此，仅就大逆事件前夜的石川啄木的思想状况做一简单整理。石川啄木的思想深受田中王堂影响。文明批评家田中王堂就知识分子的个人与社会冲突问题有过如下论述：

"个人追求欲望满足强烈，所感受到的痛苦也变得敏锐。其结果，主观上强于前代，在社会和个人之间，冲突加剧，在目的和方法间，感到更加龃龉，这是事实。"①

田中王堂（喜一）承认个人和社会间的冲突，以及目的和方法间的龃龉，并认为这是近代社会的特征。文中，高桥对人和社会有着深刻认识，却不为社会变革迈出实践的步伐。最终苦于无聊，陷入虚无的境地。而他这一形象正是近代人的典型形象。在对这部小说进行解读时，人们一向把焦点投向高桥，其中小田切秀雄的观点最具代表性：

"对社会的矛盾和变革的必要性有着敏锐先驱性的把握，并且目前到处看不到变革的可能性。他本身在这一点上孤独无力，对现实无能为力，觉醒的内心总是批判。——描写了疲于自身这种内心律动的孤独知

---

① 田中王堂、「生活の価値生活の意義」、『新小説』、1909 年 12 月、57 頁。

识分子自意识的痛苦。"①

米田利昭在此基础上认为:"所谓的自意识痛苦,并非静止、或者感伤的自我充实,在啄木看来,是为了进入下一阶段的跳板。"② 他进一步阐述道:

"并且单是夫妇、父兄、朋友关系的改善,为了生计的改善,就无济于事。倒不如说事先必须确认不能改善这种恶劣的状况,此后,我认为完成此任务的是'我们的一伙儿和他'。这是因为文中描写了'时代的主要思潮'。他在寂寥沙漠中,自身无能为力,必须执著精神追求。正因为如此,我认为如热沙中渗入水般,大逆事件渗透他的内心。"

米田利昭和小田切秀雄的论述有着共通之处,"自意识的痛苦"和"荒漠般的状况"相对应,而在文中,最根本的视角都是围绕高桥展开。中山和子引用岩崎正的书简中(1910年6月13日)"我如今注视着。我已经丧失了反抗命运、境遇、社会状态、自身性格的力气"一节,认为:"充分描绘出中年阴影的高桥形象,和石川啄木的体验不可分割。在此,自然浮现时代的闭塞"。③ 上述的这些论点,可

---

① 米田利昭、『石川啄木全集第三卷』解説、筑摩書房、1980年、365頁。
② 米田利昭、『石川啄木』、勁草書房、1981年5月、47頁。
③ 国文学编辑部、『石川啄木の手帖』、学燈社、1978年11月。

以说都是把高桥形象放入视野。但是，高桥只是这时期石川啄木的一个侧面，并非全面地呈现作家的原貌。在评论《玻璃窗》（1910年6月）中，可以窥探出创作《我们的一伙儿和他》中的石川啄木的另一个方面。

"我已经对毫无意义的自我剖析和批评深感厌倦。我的想法已在实际问题上低了头。——如要说，不知不觉我已独自远离有知识的人们正在走的道路（无论何处，都把自身问题束之高阁的时代倾向）。说着'没什么有趣的事吗'，毫无目的在路上寻找。与此不同，我今后，想认真考虑如何做才能变得有趣。"①

写《玻璃窗》时的石川啄木，与写给岩崎正书信时的石川啄木，两者都是他的真实状态。《我们的一伙儿和他》的作者石川啄木，将内心的困惑假托给高桥，在闭塞的时代中，边审视着自身，边整理着混沌的内心状态。因此，小说多采用对话、讨论的形式。

独自远离"有知识人们所行走的道路"的石川啄木，正开始走着和高桥不同的道路，这正和"我"的形象重叠。这里呈现出"大逆事件"前夜石川啄木的形象。（《时代闭塞的现状》，1910年8月）总之，在《我们的一伙儿和他》中，石川啄木试图批判的是思想和实践相背离的二重生活。

---

① 「硝子窓」、「石川啄木全集」第四卷、筑摩書房、1980年3月初版、251頁。

高桥坚信具有正确的结论和理想，但却没有行动的勇气。不同于作品中我们的一伙儿，高桥对于自身的二重生活有着清醒的认识，通过深刻的省察，发现了隐藏于内心的利己主义。并通过对病友松永的"残酷的亲切"的利己行为，来消解内心的苦闷。当深刻的自省能力发现自身的惰性时，就会绝望，进而陷入虚无倾向。高桥这种理想主义者在面对社会现实阻碍时踯躅不前的形象，正揭示了近代人的通病。而作家石川啄木正介于高桥和龟山这两者形象之间。窪川鹤次郎认为："尽管石川啄木把高桥作为尊敬的人物来描写，但评论《玻璃窗》中显示了对高桥的明确批判。究其原因，石川啄木过分地被典型所吸引，或是他正处于难以确定视点的思想急速转变中。他立论的前提是把高桥作为具有深刻思想、并且温暖、值得信赖的有魅力的人，来全面肯定地描写"。①

毫无疑问，作品中的"我们的一伙儿"和"他"并不是单纯处于对立状态。这可以从我（龟井）和高桥的关系中就可窥探出。在一伙儿中，高桥对"我"最感到亲切，并总是认真地向我吐露心声。高桥在谈到自己曾沉迷高山樗牛②时，"我"则认为那是脱离时代的想法。这样的对话很容易使人联想到石川啄木两个月后发表的评论《时代闭塞的现状》。他在此评论中提到：

---

① 窪川鹤次郎、『作家啄木』、五月書房、1958年2月、162頁。
② 高山樗牛（1871—1902），明治时期日本的文艺评论家、思想家。

"樗牛的个人主义破灭的原因，在于其思想本身。（中略）并且他的思想如咒语般（借用他批评尼采的话）尽管动员了当时的青年，但他与未来的设计者尼采相脱离，当发现迷信的偶像如日莲宗般成为过去之人时，拥有未来权利的青年的心，无需等待他的永眠，早已开始离开他。"①

石川啄木所揭示的当时社会的时代病，就是指面对权力压制时，知识分子保全自我的个人主义。但他认为共有时代疾病，在所有意义上，并不是值得我们引以自豪的事。高山樗牛的个人主义破灭后，以何种思想处世，是知识分子所思考的问题。高桥站在"利己的立场"上，不断压抑着因外部刺激而萌发的感情。视"我"为弟弟的高桥，和以讥笑的眼神看高桥的"我"，这两者的关系是同一人物的两个方面，他们都是石川啄木的分身。这部小说可以看作通过高桥和"我"的共鸣和对立，来表现作家石川啄木混沌的内心世界。

如果说，石川啄木借《我们的一伙儿和他》来表现自己混沌的内心世界，那么写下《神经病时代》的广津和郎又处于何种状态呢？在《神经病时代》中，作者塑造了一个性格破产者形象。性格破产是作为对不变的性格来理解，还是理解为现代文明的压抑？或许这个问题就涵盖了这一

---

① 石川啄木、「時代閉塞の現状」、『石川啄木全集』第四卷、1980年3月初版、271頁。

人物形象形成的要素。没有丝毫反抗能力的性格，形成了知识分子的弱者形象。但广津和郎本人和作品中的人物反差很大，作者本身就是个爱吵架、我行我素之人。这部作品是以周围人为原型塑造的，但决非是以自然主义式地直接描写生活。尽管如此，这部作品里还是加入了很多作者自身的体验。"性格破产者"这个词汇，来源于广津和郎的作品《两个人的不幸》的序文中。众所周知，广津和郎在早稻田大学就读期间，深受契诃夫的影响。特别是他对现代日本的开化的诸多想法都来源于契诃夫的思想。

> "没有比契诃夫从根本上了解俄国的作家了。并且他发现在当时无可救药的俄国，消极的病原菌，既不能说是来自社会状态的不幸，也不能说是政府的压迫，最根本的是人的性格的毁灭。当他被问及现代俄国最应该需要什么时，他没有直接回答，只说现代俄国的最大不幸是性格的破产。性格破产，这是契诃夫看到的当时俄国的病原菌。"[1]

广津和郎理解的契诃夫所发现的现代俄国，处于无法拯救的消极破灭状态。那么明治末年的夏目漱石又是如何看待现代日本呢？"现代日本的开化是肤浅的开化"，我们"患上无可救药的神经衰弱，正奄奄一息在路旁呻吟"。"总想说日本人可怜、悲哀，完全陷入了荒谬绝伦的窘境。"在

---

[1] 広津和郎、『二人の不幸者』、新潮社、1918年10月、243頁。

毁灭的现实认识上,"必须忍泪滑向肤浅"。从而得出"只是叹息为难的极其悲观的结论"①。从上述夏目漱石的观点中,可以看出近代国家的现实是荒谬绝伦的窘境,日本的国民是因神经衰弱而气息奄奄的国民。相对夏目漱石的现代日本论,在《两个不幸者》的序文中,广津和郎断言性格破产才是现代日本最重要的问题。假如,确如桥本迪夫所认为契诃夫模式适用于日本的话,那么契诃夫看待现代俄国的视角,就成为广津和郎看待现代日本的视角。夏目漱石所观察到的知识分子现状,在广津和郎那里,以其青年独特的视角,被理解为丧失坚强性格的"一般青年的倾向"。从《神经病时代》的标题来看,可以窥见作者将这篇小说的主题社会化、普遍化的意图。在与《神经病时代》具有相同主题的作品《两个不幸者》的序文中,他如此写道:

> "对人生没有任何要求和目的的青年逐渐增多。只是随着神经末梢行动的青年逐渐增多。即便有人对人生有要求和目的,但因自觉到自己缺乏实现条件及完成目的的力量时,就会沉入无以言表的悲痛深渊……目前这种性格的人在日本以各种实例呈现出逐渐增加,我对于必须承认这种事实感到悲哀。这种性格破产的状态来自何处?并且该如何应对这种性格破产的状态?

---

① 日本文学研究资料刊行会、『夏目漱石2』、有精堂、1982年、25页。

我相信这是现在的日本所面临的最重要问题。"①

他把当时青年所处的状态称之为"性格破产的状态"。当然要达到这样的认识，要具备很强的自我反省能力。

"在漱石眼里反映的黯淡的现代日本，在广津这里，由青年的性格破产——缺乏真正的潜力而造成不幸的于事无补灰色世界。和漱石不同，他并不具有参与创造明治近代社会现状的实感。因此产生超越自身力量的不合理感及无力感也就越强烈。与《心》中所追求的伦理感不同，在《神经病时代》中揭示了一个被剥夺人生可能性的迷茫青年形象。"②

广津和郎之所以塑造知识分子性格破产者形象，与他所面临的现实生活危机有关。当时，广津和郎看透了周围青年知识分子的肤浅和狂妄，同时也发现了无法将心中理想与实践相结合的懦弱性格。这种知识分子阶级的性格论，和二叶亭四迷导入的十九世纪俄国文学中的"多余人"系谱相关联。但是，广津和郎同时认为存在着用托尔斯泰道德观和易卜生思想所无法解决社会现实问题。在此，广津把性格破产问题与社会完全脱离出来考虑。因此，性格破产者的救赎只能通过改造性格这一手段来实现。因为难以

---

① 広津和郎、『二人の不幸者』、新潮社、1918年10月、244頁。
② 日本文学研究資料刊行会、『夏目漱石2』、有精堂、1982年、25頁。

实现，所以在他的作品中，性格破产者都被赋予了浓厚的绝望和忧郁色彩。丧失社会的政治视野，是大正知识分子的一般倾向。作为其代偿的白桦派作家笔下的小市民知识分子，只有通过不断的自我充实，才能消解内心的不安和无力感。

猪野谦二对作品中的性格破产这样理解："广津和郎所说的性格破产，也就是说在深刻自觉到性格破产的同时，另一方面包涵了必须想办法，必须挣脱的意味。广津一方面从自然主义立场进行批评，会得出不能安住于人生的阴暗面、不彻底等结论。"① 这里揭示了作家创作时期内心的挣扎。他试图通过创作来寻找解决这种时代病的良药，但总是在无法满足的欲望驱使下，使作家广津身陷挣扎。因此，作品中呈现了一个深感自身无力和缺乏意志力的弱者形象。

在作品《我们的一伙儿和他》中，主人公过着两种不同的二重生活。为了获取生活便利的二重生活被认为是处理现实中人际关系的有效手段，对于这种实际生活中表现出的想法和行动的不一致，作家石川啄木以及高桥都是认同的。但另一方面，高桥虽然坚信有正确的思想和结论，却不付诸行动，这种二重生活是指改造社会时思想和行动层面的二重生活。与无意识的现实生活中的二重生活不同，高桥是有意识地使自己的思想和实践相脱离。通过自省，

---

① 柳出泉、勝本清一郎、猪野謙二編、『座談会　明治、大正文学史 5』、岩波现代文库、2000 年、58 頁。

发现深藏于内心的弱点。但像高桥这样的知识分子，不是通过行动来克服自身的惰性，反而因过剩的自意识对自己丧失信心，弱化了内心。这种逃避现实的做法，实际上代表了当时社会的知识分子弱者形象。他们在闭塞的社会现状中，以发现自身的利己主义为托词，非但不反抗权威，更陷入了内心挣扎。这种弱者形象在《神经病时代》中得到深化，定吉作为一个性格破产者，任何行动都是随着神经末梢下意识地进行，他已经丧失主体性。通过这两个人物典型的塑造，作品揭示了明治末期弱者知识分子形象。而这一形象的形成主要与自身意志力薄弱、懦弱的性格等主观因素有关。作家石川啄木通过塑造高桥这一形象，来表现闭塞时代下自己混沌的内心状态，以此来达到使自己的生活统一的目的。同样，创造出定吉这一性格破产者形象的广津和郎，在批判周围青年知识分子的肤浅和狂妄时，也发现了自己的懦弱性格。如何摒弃空理想、无行动的弱者形象，是作者通过作品所探求的问题。

第四章　败德的新闻记者

在我们选取的此类作品中，充斥着蔑视新闻记者的言论。在《我们的一伙儿和他》中，高桥揶揄安井记者："因为新闻记者像他那样，所以很讨厌。摔个跟头都想捡个钱包"，以此来形容记者的贪婪。而在《流浪》中，也有承包商对新闻记者岛田进行如下规劝："不要再做象新闻记者那样肮脏的职业，我给你出资本，按照你的想法做。"① 对于阿玲和岛田的婚事，父亲更是说："我可不愿意把女儿嫁给从事新闻记者、杂志记者等名声不好的职业的人。"② 作者在小说作品中，之所以借小说人物之口贬低新闻记者，与当时小报纸刊载的绯闻等低俗内容有关，这些内容使大多数报纸都缺乏公信度。再加之明治末期民权运动受到抑制，官报占了主导，使人们对当时的新闻记者普遍有蔑视的倾向。

---

① 岩野泡鳴、「放浪」、『明治文学全集71　岩野泡鳴』、筑摩書房、1977年3月、85頁。

② 岩野泡鳴、「放浪」、『明治文学全集71　岩野泡鳴』、筑摩書房、1977年3月、161頁。

针对此现象，石川啄木从道德角度对新闻记者进行批判，他认为："许多新闻记者以自己浅薄的社会观、道德观来判断所有事件，就如同把好人和坏人立刻造出来一般，不能把所知、所见、所闻的一切事用简练客观的形式表达出来……"①。而在当时的社会，更提倡"一方面集中统一报纸的势力，真正地起到国民舆论的作用，另一方面加入报社的记者联盟，对不道德的报社加以制裁。新闻记者如不博学多识，德高望重，具有报纸编辑的常识，今后的报纸将不能获得成功。"② 除去这些客观因素外，在作家们的潜意识里，实际上就有着对新闻记者的蔑视。例如在《流浪》中，岩野泡鸣就有如此描述："岛田咏歌的努力日益稀薄，随着新闻记者生活的深入，他的性格也逐渐变化"③ 不仅岩野泡鸣如此，在"伦理人"夏目漱石那里，新闻记者似乎也受到某种蔑视。夏目漱石的《从此以后》中对平冈这一人物形象的设定，以及他成为新闻记者后的人格变化就足以证实这一点。

---

① 「"NAKIWARAI"を読む」、『東京朝日新聞』、1910年8月3日、『石川啄木全集』第四卷、筑摩書房、1980年3月初版、259頁。

② 無名氏、『新聞記者』、文声社、1902年、289頁。

③ 岩野泡鳴、「放浪」、『明治文学全集71 岩野泡鳴』、筑摩書房、1977年3月、84頁。

第一节 平冈的人格变化与夏目漱石的新闻记者观

一、夏目漱石的新闻意识

1909年6月27日至10月14日连载在《东京朝日新闻》、《大阪朝日新闻》的《从此以后》，是夏目漱石进入朝日新闻社后创作的第四部作品。创作这部作品时，夏目漱石已经拥有两年的记者体验，可以想见夏目漱石对新闻出版业也已经有了更深的了解。《从此以后》中的平冈就是作者成为新闻记者后创造出的第一个较为立体、完整的新闻记者形象。不同于漱石以往作品中的学生、教师形象，平冈这一形象的塑造，在某种程度上也契合了夏目漱石的人生轨迹。《虞美人草》之后，夏目漱石所创作的作品大都刊载在《朝日新闻》上，通过以读者为对象的报纸这一媒介，夏目漱石获得了作为职业作家比较安定的创作环境。但通过这部作品，我们似乎感受到他内心的不安。一般说来，新闻记者作为针砭时弊的权力者，通常被作为批判型知识分子加以论述。但在夏目漱石和自然主义文学作家的作品中，新闻记者不同于以往日本近代小说中所描写的教养型知识分子，他们往往被刻画为败北的生活者或精神的困顿者。特别在《从此以后》中，平冈更是以道德败坏的新闻记者形象出现。通过这一形象的塑造，反映出同为记者的作家对从事新闻记者这一职业的不安。特别是随着新闻出版业转为商品经营后，转职成为新闻记者的作家们，由于后援者的丧失，内心的不安也愈加强烈。以下将结合作者的创作经历及作品中人物分析来揭示夏目漱石的新闻记者观。

夏目漱石的新闻意识早在伦敦留学期间就已建立。夏目漱石到达伦敦时值1900年10月末，即二十世纪初。当时的伦敦被认为是世界文明的中心，使来自后进国家的夏目漱石，在这种环境里必须以世界史的视点来客观地审视这个世界。在新闻出版业相对发达的英国，除了亲身经历，夏目漱石主要依靠报纸来感受大英帝国的兴盛衰败。在他此时写作的《伦敦消息》中，也可窥探出他对西方报纸的一些看法。

"接下来我还是照例读《标准》报纸，西洋的报纸确实很有看头。若从头到尾一字不落地读下来，要花五、六个小时吧。我先看了支那事件。今天的报纸有俄国报纸对日本的评论：若是到了非战不可之时，攻打日本并非良策，因此在朝鲜决一雌雄为佳。我想朝鲜也够麻烦的……"①

在这里，漱石所说的"有看头"无非是指西方报纸不仅传递信息功能强大，而且还对社会现实具有很强的批判

---

① 「倫敦消息」、「夏目漱石全集10」、ちくま文庫、筑摩書房、1988年7月26日第1刷発行、25頁。

作用。而这种对于报纸功能的理解，也反映在他此后的作品中。在《从此以后》中，夏目漱石不仅成功塑造了平冈这一新闻记者形象，并且通过报纸这一媒介对当时发生的重大社会事件，如"日糖事件"、"煤烟事件"、"大逆事件"等进行了评论。另外，还有一个引人瞩目的小说设定，那就是小说中的许多人物如代助、书生门野、哥哥诚吾、三千代等都是读报人。在这部连载小说的第一回里，小说的主人公代助就是作为读报人登场的。

"他的手离开心脏，拿起枕边的报纸。躺在被窝里，用两手左右打开一看，左面一张画，画着一个男人正在杀一个女人。他立即把眼睛移向别的版面，那里正用大号铅字，报道学校里闹事的消息。代助读了一会儿，不觉疲倦起来，把手中的报纸哗啦一声放在被子上，然后点燃一支香烟。"①

在小说的开头，夏目漱石就为读者呈现出一个读报人形象，足见报纸在这篇小说的渗透之深。日俄战争后，日本近代国家确立，资本主义经济得到发展，生活也显现富足之状，这促使社会阶层更加多元化。《从此以后》中的衣食无忧、沉溺于知性生活的"高等游民"代助，就是在这

---

① 夏目漱石、「それから」、『現代日本文学大系18　夏目漱石集（二）』、筑摩書房、1970年5月初版第一刷、3頁。关于《从此以后》的译文，参照了夏目漱石：《从此以后》，陈德文译，《夏目漱石小说选 上》，湖南人民出版社，1984年。

样的社会背景下产生的。通过代助这个形象的刻画，夏目漱石表现了知识分子在现实生活中的无奈。夏目漱石在经济对人的影响方面，有着敏锐的洞察力。在他看来，现实的经济生活对知性生活起着至关重要的作用，至少像"中世"那样过着安定的知性生活的时代已经过去。通过《从此以后》中对生活败北者代助形象的刻画，显示出在当时社会环境下无法进行纯粹的知性生活。而作品中的平冈这一形象则揭示出，在现实生活的摧残下的知识分子走向另一个方向的可能性。平冈作为代助的对照被刻画出来，其形象倒不如说有些暧昧。之所以会显得暧昧，笔者以为这与新闻记者夏目漱石作为生活的调和者，把自己的转职经历投射在平冈身上的同时，又以极其冷静的笔触，甚至以一种憎恶的心态来俯视他有关。除此之外，另一个原因就在于"漱石的教养和关注使他把报纸的多数读者为对象，为了使更多的人理解，他便设定了极为普通的、但却易从人性层面解读的副主人公，通过副主人公，把作品中真正的主人公所处的日本近代社会，及他们的世界等问题，逐渐呈现在读者面前。借由这种独特的方法，在新闻小说，同时在高度的纯文学中，创造了无与伦比的作品世界。"[①]在作品《行人》中，一郎和二郎的关系、在《心》中先生和我的关系，都运用了类似代助和平冈关系的复式主人公结构。正如通过二郎折射出一郎形象一般，平冈于代助而

---

① 小田切秀雄、『明治大正の名作を読む——作品鑑賞による日本文学史・明治大正編』、むぎ書房、1983年11月、192頁。

言，也是镜子般的存在。

代助是所谓的"高等游民"，过着无忧无虑的生活。在他看来，有关面包的经验，或许切实，总之是劣等。如果不经历脱离面包、水的奢侈体验，人活着就没有价值。他没有家眷，依附实业家的父兄生存，仅仅通过沉浸在思考和美的趣味世界里，来感受生活的意义。在世人看来，代助是个"多余的人"，是社会外的存在。在《从此以后》中，代助成了知识分子的一个典型。而塑造这个典型人物的夏目漱石，在他的内心中有一种对纯粹知性生活破灭后走向的期待。既然不被职业玷污的知性生活在现实社会是不存在的，那么将向何种方向发展，平冈的命运无疑为读者、也为夏目漱石提供了一种可能。夏目漱石试图通过这个矛盾对立式的人物，"描写世间的现实生活如何虐杀青春的。作为纯真的青年，和代助一起走出学校的人物，进入现实社会为了生活，而辛苦劳作，最终却变成如豺狼般粗暴的人。这并不罕见。如果今日，作为社会主义的母胎，这种生活之苦或许会被怜恤吧。但在《从此以后》中，并不具有这种意义的社会性。倒不如说没有感伤性更为恰当。勿说同情，带着厌恶，很冷淡地被疏远。至少对于代助来说，因面包而颓败的平冈是劣等的存在。"① 由此我们可以看出代助，或者说是夏目漱石对平冈所持有的一种复杂感情，既希望他的成功，但同时又极其厌恶他的存在。而这种厌恶主要来自作者自身知性生活的优越感。

---

① 亀井勝一郎、『知識人の肖像』、角川文庫、1954 年 11 月初版、49 頁。

二、"高等游民"与社会劳动者

"代助和平冈从中学时代起就是好朋友。毕业后的一年间,你来我往,像兄弟一般亲密。那时节,他们肝胆相照,通力合作。每每谈起这些,就感到无比快乐。这种快乐的交谈,有些是付诸行动的。因此,他们确信,他们之间交谈的内容,与其说是娱乐,倒不如说是常常包含着一种牺牲。"① 一年后平冈结婚,同时被调到京阪地区的银行支行工作了三年左右。明治时期是银行职员仅次于官员的时代。政府向士族征收俸禄的同时,交予他们公债,而处理这些公务的正是银行,因此到明治二十年代中期,银行职员如同"官员"一般受到重视。② 与平冈分手之初,代助还能够经常收到平冈的书信。书信中,代助报平安、谈工作、话将来。但是,他们之间的通信渐渐减少,由一个月两封,逐渐减少到两三个月一封。书信的减少,不仅意味着他们之间关系的疏远,也表现出平冈生活困顿的开始。平冈两周前突然的来信中,提及近日上京就职的打算。这使代助意识到平冈的生活也发生巨变。平冈进京后初次拜访代助,代助寒暄道:

---

① 夏目漱石、「それから」、『現代日本文学大系18 夏目漱石集(二)』、筑摩書房、1970年5月初版第一刷、8頁。
② 尾崎盛光、『サラリーマン百年』、日本経済新聞社、1968年、247頁。

"本来常常写信的，情况知道些，最近一封信也不写啦。""可不，最近我谁也没给信哩。"平冈突然摘下眼镜，从西装的胸前掏出皱巴巴的手绢，一边眨巴着眼睛，一边擦拭镜片。①

从"满是皱折的手绢"，对照报社就职后的西装革履，可以看出平冈如今生活的不尽如人意。此外，还可以透露平冈与三千代夫妻关系出现裂痕，妻子对他的照顾不周到等信息。在交谈中，代助得知平冈因填补部下挪用的公款，自己引咎辞职的事。这件事多少还能看出平冈的善良和正直。小说中多处描写平冈与代助两人的对话，他们的对话既展现出他们之间的冲突，也凸显平冈的变化。而事实上，也正是通过对平冈的认识过程，代助才发现了一个变化的自己。两人第一次见面时，他们有如下的对话：

"关系到面包的经验，也许是切实有用的，但这是卑俗的。人类如果不抛开面包和水去追求更高级的经验，就会失去做人的标准。你或许仍把我看成公子哥儿，可在我生活着的豪华世界里，有比你更富有经验的年长者。"②

---

① 夏目漱石、「それから」、『現代日本文学大系18　夏目漱石集（二）』、筑摩書房、1970年5月初版第一刷、7頁。
② 夏目漱石、「それから」、『現代日本文学大系18　夏目漱石集（二）』、筑摩書房、1970年5月初版第一刷、9頁。

从以上对话不难看出，代助对平冈显示出知性生活的优越感。代助认为自己没有什么人世经验之类的迂腐看法，生活中只有痛苦。对此，平冈回击道：

"看起来，你的想法很不一样了。你从前不是有句口头禅，说痛苦会变成以后的良药吗？"但在此时的代助看来，"那是没有见识的青年，降服于流俗的一种说法，随便讲着玩的。我早已把这句话收回了。""不过，你最终也要到社会上去的，到时候像你这样，就难办啦。"

"我很早就到社会上来了，特别是同你分别以后，我感到世界更加宽广，只是同你那个世界不属于同一种类。"

"说这种话也太跋扈了，你很快就会被社会降服的。""当然罗，要是生活困顿，那会随时降服的。但我今天悠然自得，何必自卑地去为尝试那些经验而折磨自己呢。"平岗的眉宇间，闪过一丝不快。①

从以上的对话不难看出，由于境遇的变化，昔日好友在生活态度上，产生了重大分歧。相比沉浸在知性生活中的代助，被生活磨砺的平冈则显得更加现实，看问题更加透彻。当被问及今后的打算时，平冈拜托代助为其在代助

---

① 夏目漱石、「それから」、『現代日本文学大系 18　夏目漱石集（二）』、筑摩書房、1970 年 5 月初版第一刷、9 頁。

哥哥的公司谋一职位。"要是搞实业没有可能，我想到哪家报社去。"①从平冈说话的语气中可看出，当时报社的工作比起实业相对容易，新闻记者这一职业并非那么受欢迎。根据小田实在《日本的知识分子》一书的论述，从明治社会的结构来看，有能力的大学毕业生首选官吏、银行职员等工作。伴随明治二十年代工业的发展，实业家成为受欢迎的职业，如果从事实业无望，大学毕业生才会选择进军队、或是当记者，如果就业无望，被社会遗弃的话，那么就只有沦落到游民的境地。②

在代助看来，平冈是败在为面包而工作，是低劣的存在。而在代助父亲看来，接受最好教育的人，不应该游手好闲，而应学以致用。代助却认为自己决非无所事事，"只是认为那些不为寻找职业而烦恼、有着充裕时间的人是上等人种。"③在代助的父亲看来，年轻人应该像平冈那样，受到良好教育后，就应该谋份工作。但在代助看来，平冈只不过是个反面教材，更把他的失败归结为生活所累。

在这里，代助，或者准确地说是夏目漱石借代助的口，在反复重复着"低劣"、"上等人种"等词。由此可以看出拥有丰富学识和教养的作者对平冈这类人物的蔑视。此后，代助又拜访了两次平冈位于神保町的住处，第二次拜访的

---

① 夏目漱石、「それから」、『現代日本文学大系 18 夏目漱石集（二）』、筑摩書房、1970 年 5 月初版第一刷、11 頁。
② 小田実、『日本の知識人』、筑摩書房、1985 年 5 月、173 頁。
③ 夏目漱石、「それから」、『現代日本文学大系 18 夏目漱石集（二）』、筑摩書房、1970 年 5 月初版第一刷、14 頁。

时候，平冈正在训斥三千代。代助这时感到平冈和三年前他们在新桥分手时大不一样了。他没有受到重伤，也没有为世人所注意。然而他的精神状态确实失常了。实际上不只平冈在发生变化，代助对待平冈的感情也在变化。以前具有连带感的两个人，常会因为彼此的事情有着相同的感受。而现如今，代助自信不是靠哭来打动别人的低级趣味的人。平冈对代助说：

"我失败啦，但失败了再努力，而且打算永远努力下去。你看到我的失败在发笑哩。笑也罢，不笑也罢，没关系，对我都是一回事。好吧，你就笑话我吧。你虽然笑话我，可你却毫无作为，你对社会是兼收并蓄的人。换句话说，你是个没有主心骨的人。"

代助听了稍稍感到愤激，他突然中途打断了对方：

"工作当然可以，但是工作必须超出生活之上，这才是光荣的。一切神圣的劳动都不是为了面包。"

"这种论理上的命题我搞不懂，你能否结合实际的人生，说得具体一点？"

"这就是说，单纯为着吃饭而工作，是很难达到真心实意的。"

"你和我的想法正相反。因为要吃饭，所以才拼命地干活嘛。"①

---

① 夏目漱石、「それから」、『現代日本文学大系18　夏目漱石集（二）』、筑摩書房、1970年5月初版第一刷、33頁。

在这段对话中，透露出两人截然相反的职业观。社会学家指出"职业一方面是人维持生计的手段。另一方面是人们执行社会任务。"① 夏目漱石对文学家这一职业的社会功用极为敏感。在他的一些作品中也多次谈及对职业的看法。虽说时至明治末期，但人们要从事对社会和国家有用的职业的想法依然强烈。代助所说的"神圣劳动"无非是指与文艺相关的事情，他只是一味考虑沉浸在趣味世界里。但是在当时，把文学当作兴趣、或是毒害青少年的有害物对待的社会风潮中，平冈的想法显然更加务实、客观。虽然他被残酷的现实摧残，但他百折不挠努力生活的勇气是值得肯定的。相比代助纯粹的知性生活，在平冈看来，"吃饭"才是第一位的，基础的物质生活才能激发人们的工作热情。

三、转职后平冈的人格变化

在平冈进入报社工作之前，他曾向代助表明自己越了解内幕，就越缺乏往实业方面努力的勇气。这里平冈所指的内幕显然是"日糖事件"等不正当交易，而代助父兄的公司有可能受到这种"内幕"的牵连。平冈的言语中虽透露出因进不了实业，而为自己开脱的嫌疑，但似乎也有些向代助挑衅的意味。此时的代助感到：

"平冈终于离开了自己，每逢同他见面，心里总感到有些疏远，说话也只是应付应付。老实说，不光对

---

① 尾高邦雄、『職業の倫理』、中央公論社、1970年、12頁。

平冈，见到任何人都是这种心情。现在的社会，只不过是每个孤立的个人的集合体。"① 代助的解释为所谓文明就是把自我尽量孤立起来，"同代助交往时的平冈，是个喜欢看别人为他哭泣的人，现在也许还是这样。不过从脸上是看不出来了。不，他的一举一动都在极力排斥别人的同情。他也许觉悟到了，或者得出了这样的结论：忍受着一切，孤立地生活下去，这正是现代社会本来的面目。同平冈交往时的代助，是个爱为别人哭泣的人。但是，他渐渐流不出眼泪来了。这倒不是说现代社会不需要眼泪，而是现代社会的精神是不许人们哭泣。"② 代助对如今的平冈与其说是隔阂，毋宁说是厌恶。他断定对方对自己也是一样的感觉。

代助对平冈充满了复杂感情：一方面他惦记着平冈的安危，幻想着平冈有可能陷在朝不保夕的生活境遇里；另一方面，代助又期许平冈找到新的生活出路，他预想着同平冈见面，总有一种难以捉摸的不快心情。代助关心平冈的处境并不只是为着三千代。他不忌恨平冈，代助仍然希望平冈获得成功。代助之所以惦记着平冈，祈盼着平冈的成功，是因为他担心自己的命运。先步入社会的平冈，无

---

① 夏目漱石、「それから」、『現代日本文学大系 18　夏目漱石集（二）』、筑摩書房、1970 年 5 月初版第一刷、46 頁。

② 夏目漱石、「それから」、『現代日本文学大系 18　夏目漱石集（二）』、筑摩書房、1970 年 5 月初版第一刷、46 頁。

疑会给自己的生活指明方向。透过平冈，代助看到了自己的未来。平冈如同镜子般折射出自己。众所周知，在以往的研究中，代助与作家夏目漱石共享精神世界的观点已成定论。因此某种程度上，"高等游民"代助的苦恼也是知识分子夏目漱石的苦恼。事实上，转职成为新闻记者，使夏目漱石遭遇到了精神危机。虽然此次转职使夏目漱石获得了稳定的生活保障，但成为资本主义经济关系下的奴仆，又使他内心感到不安。而同样是在现实逼迫下进入报社的平冈，无疑为夏目漱石提供了一个人生方向，因此他渴望平冈能成功。

平冈在报社就职后，代助为了三千代的事去报社拜访了平冈。"坐在布满尘土的传达室内等候。他不时地从袖口里掏出手帕掩住鼻子。过一会儿，他被领到二楼会客室。这里通风不好，是个又闷热又阴暗的狭小房间。"① 针对代助的不屑一顾，平冈挑衅要揭露"日糖事件"的真相，并企图利用经济记者的身份，对长井家企业内部的经济案件进行笔诛。此时的平冈就如患热病的人一般，渴望行动。在这里，卑鄙无耻的平冈被形象地刻画出来。报纸有着无穷的威力，而新闻记者更应利用这一媒介伸张正义，针砭时弊。但在这里，却完全背离了夏目漱石的期待，通过对小报记者平冈的描述，表现了作家夏目漱石潜意识里对记者的蔑视。

---

① 夏目漱石、「それから」、『現代日本文学大系 10 夏目漱石集（二）』、筑摩書房、1970 年 5 月初版第一刷、78 頁。

当代助试图从平冈那里夺回三千代时，两人发生了争执。平冈说道："你认为我被损害的荣誉还有办法挽回吗？""什么法律和社会的制裁在我这里一概不予考虑。"① 确实，相对法律和社会的制裁，平冈给予代助更致命的打击。那便是写信给他父亲，这封信又被哥哥带到代助身边，读过信的代助"全身承受着一种无形的压抑，胳肢窝里渗出了汗水。快要读完的时候，他没有勇气再把信折叠起来。"② 虽然信的内容没有明确，作品就进入了尾声。但从用"细小的字"写了"二尺多"还没言尽的内容，以及哥哥的对话、父亲的反应等方面来看，可推测出平冈不仅揭露了代助和三千代的关系，还谈及了对长井家及公司不利的事情。平冈利用"经济部主任"的地位，对公司进行某种胁迫，如前文提到的揭露长井家企业弊端的预告或许已成为事实。之所以如此断定，是从"有些脏的编辑局"和"小报纸"的性质推测出来的。根据当时对东京日日报社等描写，可以推断出前文提及的"有点脏的编辑局"是指"小报社"。

"首先日日报社于明治十年（1877）从银座二丁目搬到屹立于十字街头的大砖建造的房屋，粉墙耸立，熠熠生辉，胜出柳北仙史的所谓的'华瓮云'。正门处

---

① 夏目漱石、「それから」、『現代日本文学大系 18 夏目漱石集（二）』、筑摩書房、1970 年 5 月初版第一刷、107 頁。

② 夏目漱石、「それから」、『現代日本文学大系 18 夏目漱石集（二）』、筑摩書房、1970 年 5 月初版第一刷、111 頁。

挂着写有'太政官记事御用'白字竖招牌，檐头装着印有'日报社'三个字轮廓的花灯，大庆典等时候就会点燃"①。在当时社会，"象日日新闻等大报纸，且具有高尚议论的报纸，为中等以上的人民所阅读。而像注假名的小报纸，应被平均水平在下等社会的人阅读。"②。

"大、小报纸"的区别，不仅体现在建筑外观上，连读者层都有明确的界定。在当时，《东京日日》、《邮政报知》、《朝野》、《每日》等"大报纸"被"中等阶级以上的人"所阅读。而《读卖新闻》、《东京绘入新闻》、《假名读报纸》等"小报纸"，则紧紧抓住"下等社会"的读者层。在明治初期，"大、小"报纸的读者层出现了明显的断层。两者在内容和编辑方针上有着根本的不同，除了版面价格明显高于"小报纸"外，以政论、时事报道为主的"大报纸"，比以娱乐、丑闻等为主打内容的"小报纸"更有品位。据《东京日日》主编福地樱痴的统计，该报的读者层中五分之一为农工商，五分之二为各官府、省使厅察司、各府县厅，各大小区役所等，另五分之二为官员、士族。③《东京日日》是当时政府的御用报纸，所以官吏读者占大多数。而像《邮政报知》、《朝野》等民权报纸也被官厅所订

---

① 野崎左文、「私の見た明治文壇」、『明治文学全集 98 明治文学回顾录集（一）』、筑摩书房、1970 年、第 221 页。

② 『東京日日』、日報社、1878 年 2 月 13 日の投書。

③ 『東京日日』、日報社、1875 年 2 月 16 日。

购，因此拥有众多的官吏读者。教员读者仅次于官吏读者。教员和官吏一样，因工作单位订购报纸，所以接触报纸的机会较多。此外，他们大多担任着官营报纸阅览场所的报纸讲解员。根据福地樱痴的统计结果，农民、商人、实业家的上层，也就是说豪农、豪商都是"大报纸"的读者。"西南战争"①前后，"大报纸"的价格为50到70钱，而小报纸仅为20钱，大约3倍的价格。而地方的读者，除了报纸本身的价格，还必须负担25钱的邮费。而1877年大米的价格为1升6钱左右。购买一个月的大报纸就等于购买一斗米。从当时的物价水平来看，报纸确实是高价商品。西南战争以后的明治十年前后，豪农阶级经济富足，购买"大报纸"的数量随之增加。报纸的收益也有了显著提高。根据当时记者的回忆，西南战争时期"报纸的定价一般都很高，《日日新闻》4页，一个月75钱，十之八九都是老主顾，因此都是经济很富足的人。"②《朝野》的社长成岛柳北因每年的高收益，曾经一次宴请记者数百人。③以至于各大报纸纷纷进驻银座，建立让人误以为是报纸街的气派大楼。

通过以上对比，我们不难发现文中"有点脏"一词，不仅明指报社的外观，还暗喻报社的内部工作。也就是说，当时包括"大报纸"，几乎所有的报纸都没有像如今这样有

---

① 1877年在现在的熊本、宫崎、大分、鹿儿岛等地，发起了以西乡隆盛为盟主的士族叛乱。

② 『東京日日』、日報社、1909年3月30日。

③ 末広鉄腸、「新聞体験談」、『明治文化全集 新聞篇』、1928年、63頁。

信誉。诸如"像报社记者那样肮脏的买卖……"① "像报纸中充斥着虚伪,如今更令人吃惊……"② "报社记者比阳光大盗更无耻"③ 等表述,揭示了当时人们对新闻记者的印象。"小报纸"是明治七八年左右开始创刊的。《读卖新闻》(1874) 就是其中的代表,在创刊初期更是将描写市井事件的新闻作为卖点。在当时,相对于下等社会阅读的"小报纸","大报纸"的读者层主要是官吏、教员、豪农、豪商等所谓"上等社会"人士。查阅相关资料会发现,鲜有"大报纸"的记者或读者言及"小报纸"的文献。在"大报纸"读者的眼里,"小报纸"几乎是微不足道的存在。"小报纸"作为下等社会的记者和读者的专属品常被看低,更被认为没有讨论的价值。"大报纸"读者意识到的只有其他"大报纸",以及反对派的记者和读者。

在夏目漱石的笔下,进入报社后的平冈成为了靠胁迫他人为生的无耻之徒,由此可以看出,因为从事报社记者工作,平冈在人格上发生了变化。这种描写固然与当时鄙视小报记者的风潮有关,但事实上,是残酷的生活使他堕落。或许这是夏目漱石的一贯手法,通过双重主人公的刻画,特别是通过副主人公的批判或贬低,来衬托出主人公的存在。进一步说,这种手法可以获得更多普通报纸读者的理解,使其作品起到教养小说的作用。但通篇看来,平

---

① 岩野泡鳴、「放浪」、『明治文学全集71 岩野泡鳴』、筑摩書房、1977 年 3 月、85 頁。
② 平塚らいてう、『門窓より』、丁二山版、1905 年 11 月、254 頁。
③ 『東京朝日』、東京朝日新聞社、1900 年 3 月 21 日の新聞投書。

冈并非像夏目漱石描述的那样一无是处，"通过整篇平冈与代助的对话来看，毫无疑问他是社会常见的充满活力、有才能的青年。但是一时的挫折使他在失败的发展过程中，越挣扎，越深陷其中。"①，通过平冈和代助的上述对话来看，作为代助曾经的好友，平冈也有着丰富的学识和见解，而且作为生活者，他更洞悉社会现实和生活的本质。与其说他转职后人格发生变化，不如说是残酷的生活虐杀了他的青春。况且，作品中代助对平冈态度的转变不仅仅因为两人境遇的改变，很大程度上是因为代助这个近代人的想法转变。按照代助的解释，是近代社会的个人主义使他们隔离。但作者夏目漱石并未试图通过这一典型形象的塑造来揭示时代闭塞的现状，通观全篇，作者夏目漱石与其说是对平冈同情，倒不如说是冷淡。对比代助的描写，小说充斥着夏目漱石对平冈这个生活败北者的鄙夷之情，并时刻显示着自己知性生活的优越性。在有着丰富学识和教养的夏目漱石看来，为了面包工作的平冈是劣等的存在。

四、代助与三千代的爱情

众所周知，《从此以后》的主题除了表现代助的知性生活外，就是关于代助和三千代的爱情。而促使两人关系发生质的变化是新闻记者平冈的不在场的事实。文中描写两人见面的情景多是单独进行的。上京后平冈拜访了代助，并请求帮助找工作。之后代助方面两次拜访了位于神保町的旅馆，

---

① 相馬庸郎、「それから」、『国文学』、1965年8月、74頁。

一次平冈不在。搬家前日，平冈拜访了代助，不在。之后，实际到来的是三千代，实际上是作为平冈的代理，提出了帮助筹措金钱事宜。当三千代提出向代助借钱时，他才意识到自己看上去不为金钱发愁，却实在是为钱所困扰。

而当他第八次拜访平冈时，发现平冈不在，并把支票交予三千代。并由此发现了平冈夫妇的感情不和以及平冈的放荡。那之后，实际上算起来，代助同三千代及平冈已经见过两三次面了，一次是接到平冈一封长信的时候，在这封信里平冈除了对进京以来的关照表达谢意之外，也告知代助通过友人的周旋，成为某报纸经济部的主任记者。在报社就职之前，平冈忙于报社间的周旋，这实际上为代助接触三千代提供了方便。而在平冈报社就职后，更为代助与三千代关系的发展提供了有利条件。代助与三千代的关系迈出实质性一步的契机，应该是平冈不在时代助邂逅了阅读报纸的三千代。

"走到平冈家附近，看到屋里有一个黑影，像蝙蝠一样静静地晃动着。灯光从简陋的门缝里照射出来。三千代在灯下读报，代助问他怎么现在看报，她回答说这是第二遍了。'你这样清闲啊。'代助把坐垫放在门槛上，半个身子靠着格子门坐着，那半个身子向着走廊。"①

---

①　夏目漱石、「それから」、『現代日本文學大系 10　夏目漱石集（二）』、筑摩書房、1970 年 5 月初版第一刷、68 頁。

夜晚仍在灯下百无聊赖地看第二遍报纸的三千代，身为妻子，却不能尽到做妻子的职责。只有等待夜不归宿的丈夫。"从三千代看报这一行为中，代助解读出她与平冈的夫妻关系几乎破裂的事实。"① 进而在平冈不在的时候，代助发现了纸戒指和百合花的秘密。使他看清经济问题背后实际掩藏着夫妻关系破裂的事实。而代助之前借钱给三千代，以及平冈工作后仍然给三千代零用钱贴补家用。这些行为实际上都表明，代助在替代丈夫平冈在对妻子三千代实施抚养义务。

但对于代助，去平冈家见三千代是一种痛苦。不得已，他只好选择与自己和三千代都无关的地方见面。代助在向三千代表白之前，显得忐忑不安，他在去见三千代之前，总会先打电话到平冈的报社，确认他是否上班。在代助的面前，命运摆出了两条道路：一是指明了他和三千代今后的发展方向；另一个则是把他同平冈一同卷入可怕的深渊。当代助打算把这一切向平冈坦白的时候，就意识到将他和平冈两人结成一体的命运大河是阴森可怕的。事实上，社会拥有制裁的权利，但代助的命运却始终掌握在平冈的手中。

以前，代助每当拜访三千代时，总要选择平冈不在家的时候，这让他很不痛快。开始他并不在意，最后与其说是不痛快，不如说越来越难为情了。他十分担心遭到怀疑。

---

① 小森陽一、「代助と新聞—国民と非国民の間」、『漱石研究　それから』、翰林書房、1998 年 10 月、80 頁。

而代助的这种不安,通过"煤烟事件"被引出。日本知识分子处在经济贫困中,无法进行真正意义的恋爱。在此所说的"现代的不安"充其量是有关日常生活的不安。当决定向三千代表白时,代助首先为今后自己的经济生活能否独立而不安。代助对于这些问题无能为力,他最终也只不过是个平凡的男子。使代助狼狈的未必是平冈这个道德败坏的小报记者,准确地说是"现实的生活"。在表明自己和三千代的关系后,代助遭到父兄的遗弃,而他本人在生活面前却无能为力。曾经蔑视为面包的职业,却成了如今最现实的问题。而代助意识到,他对三千代的感情越纯粹,钱也就显得越发重要。被断绝家庭关系的代助,对书生门野喊到:"门野,我去找工作。刚说罢,戴着鸭舌帽,伞也没打,就跑进烈日的外面。代助正因为不能在烈日中奔跑,疾步走着。日头从他头顶直射下来。干燥的尘土,如火星般包裹着他的赤足。代助心感焦急。"① 众所周知,这就是《从此以后》的结尾处的描写。而代助的命运通过《门》中平凡的小职员生活得以展开,或者可以说是在《行人》中体现。在这两部作品中,主人公均以谦虚的生活者形象出现。

代助可以说是夏目漱石的分身,在他验证无法进行纯粹知性生活的同时,平冈无疑提供了另一种可能。但这种可能是以道德败坏的平冈,通过极端方式把"高尚人"代

---

① 夏目漱石、「それから」、『現代日本文學大系18 夏目漱石集(二)』、筑摩書房、1970年5月初版第一刷、112頁。

助逼上了生活绝境的形式体现。在夏目漱石看来，平冈的新闻记者身份，使他的人格发生变化。而新闻记者平冈的缺席则促成了代助和三千代关系的发展。最终，小报记者平冈又以极其卑劣的方式威胁代助，迫使他生活陷入困境。纵观全篇，夏目漱石对平冈的厌恶感以及优越感一目了然。这种优越感是通过与过着知性生活的代助的对照来体现的，从中也更能看出夏目漱石对于新闻记者的鄙视。特别是通过平冈入社前后变化的描写，来突出新闻记者这一名声不好的职业对人格形成所起到的重要作用这一点，更能突显出夏目漱石的蔑视。不仅如此，从把平冈设定为利用职权要挟代助的败德的小报记者形象这一点来看，在新闻记者漱石的潜意识里有着蔑视的新闻记者观。

第二节　新闻记者蔑视观的成因

　　漱石的新闻记者蔑视观与当时的新闻出版业状况有关。就当时的社会风潮来看，靠丑闻和传闻为卖点的"小报纸"自不用说，即便是"大报纸"也不如现在的报纸有信用。特别是在明治四十年代，报纸言论受到严格管制，以政论为主的报纸舆论主要由政府主导。同时，新闻出版业转变为营利为目的的经营方式，使得各大报纸为了获取更大的利益，在重大社会事件上，不仅不进行客观公正的报道，而且还要设法愚弄民众。因此，在新闻记者恶评如潮的时代中，漱石持有蔑视新闻记者的观念也就不难理解。当然，这些记者也主要被限定在从事政治、经济、社会新闻报道的人，负责文艺栏的记者不在其列。事实上，创办文艺栏也正是报社试图一改小报形象的一种方式，报社试图通过这种新的文艺形式获取更多的读者。夏目漱石的转职，为他提供创作便利的同时，也获得更多读者的支持。"当被问及作家或艺术家是立足于市民社会还是艺术立场时，新闻小说家夏目漱石站在了市民社会阵营。他并非栖身于文坛或理论中，而是身处市民、读者中。也就是说夏目漱石信赖他们。"① 因此在《从此以后》中，就有了副主人公平冈的设定，进而给普通读者从道德层面批判的空间。不同于夏目漱石，尽管有些文艺栏作家，如石川啄木，也试图通过文艺作品表达自己对社会的看法，但更多的文艺栏记者可称为"中规中矩"的新闻记者。除此之外，社会上这种对新闻记者的蔑视还与新闻记者的起源有密切关联。以下将从新闻记者的由来，对其遭受社会蔑视的根源做一考察。

在中世纪、近世初期的欧洲，把封闭的共同体紧密联系起来的是那些行商、工匠、江湖艺人、传道士等人。这些漂泊者在完成本职工作的同时，也把异地的信息传递给共同体内的人们，这也是他们被当地人接纳的一个重要原因。即便在十一二世纪的中国，游历共同体的人们把外部的信息提供给当地的人们。脱离封建社会比较晚的中国，即便是在1940年代之前，在孤立的村落社会，相互交换信息的仍是那些行商、工匠、江湖艺人。而进行药品贸易的

---

① 牧村健一郎、『新聞記者夏目漱石』、平凡社新書、2005年、214頁。

行商的作用尤为突出。在这方面，日本的情况和上述的欧洲、中国并无不同。以富山药商为代表的行商、高野圣等行僧、江湖艺人在不同共同体之间游历，并把异乡的信息传递给当地住民。他们起到了之后传媒工具所发挥的作用。共同体内的人们大都日复一日、年复一年地过着单调生活，对共同体内陈旧的信息早就感到厌烦。而他们之中却少有涉足他乡之人，尽管如此，他们却对其他共同体有着强烈的好奇心。他们渴望了解他乡人们的动向和相关信息。他乡对于他们来说是异界，是异人居住的神秘空间。而满足他们获取外界信息愿望，让他们交流生活更加丰富的是：柳田国男称之为"世间师"或"游行者"的人们。

"把'世间'一词解释为人间社会，并非由来已久。我以为它原本是传教士用语，但在很多乡村，把它当作外部之意使用。'世间师'即旅人，知晓异乡之人。因此，乡人倾听他们闲聊的动机与过去听故事时，并无什么不同。故事、传说在其盛时，其来源也是由外部不断供给。而输送这种素材的人是'世间师'中的专职者。随着外界信息匮乏，在当地至今还重复着同样的素材，这样故事就自然就如古池之水，古老并沉淀下来。"①

---

① 柳田國男、「昔話覺書」、『定本柳田國男集　第六卷』、筑摩書房、1982年5月、386頁。

封建社会的交流方式是封闭式的。在等级森严的士农工商的身份制度中，人们大都与有亲近感和连带感的同阶层的人进行交流。而不同身份人之间的交流，往往穷尽于寒暄等特定的交流方式。"在封建社会上下级身份制度中，严格遵守命令和服从关系，大规模的交流都采取由上至下传达命令的形式。由身份低下的人向上级进言，或者直接上诉等由下至上的交流方式虽也存在，但也是特例。在当时，扰乱社会秩序者将会受到重罚。"① 统治阶级仅把统治所需的最低限度信息传递给低层村民，这种上意下达的交流方式是封建社会的特征。经济发展的停滞和商品经济市场的狭小，与封建政治体制一并阻碍了全国式交流的扩展。因此"世间师"在封建社会中只是横断、水平式交流的旗手。

都市成立之初，信息的传递又是如何进行的呢？长谷川如是闲认为社会事实成为"新闻"应具备以下三个条件：一是拥有信息事实者与信息授予者，从某种意义上讲，这两者存在对立关系；二是构成新闻的事实，具有使对立关系的集团之间聚散离分的重要性；三是信息根据对立群中不同对立关系的社会动机而被发布。② 在长谷川如是闲的对立意识的新闻论中，所提及的对立群涵盖了从阶级、阶层、集团、组织到国家、地域、共同体的范畴。而对立意识也

---

① 南博、『体系社会心理学』、光文社、1957年、503页。
② 长谷川如是閑、『長谷川如是閑選集』第四卷、栗田出版会、1970年、36页。

涵盖了意识形态到社会意识和个人意识。如此，因对立群之间的对立意识而产生了针对不同群体的"新闻意识"。共同体间的对立意识促使共同体成员对异乡信息的需求增加，"世间师"作为"新闻"载体的解释也得以成立。在共同体中，成员之间因有很强的共同意识和伙伴意识，所以对共同体内部信息的关注度很低。此外，封建制度也制约着共同体内部的交流，有限的信息即使被传递，也缺乏新鲜度。当具有紧密联系的共同体解体，依靠选择性、局部联系而结合的都市成立之时，人们就对其他的组织或集团产生对立意识和新闻意识。随着都市的封建色彩淡薄，就会产生越来越多的复杂而庞大的对立群。因此，对信息的需求也就相应增大。这就促成了担任信息传递的专业人士的诞生。都市促进了"世间师"的流入，也加速了他们的定居。行商、行僧们在市场、路口搭建起摊位、店铺。江湖艺人也建起了戏棚。"世间师"大都居住在都市信息较为集中的地方。

  定居在都市的人们，大都对信息比较敏感。获取必要的信息是他们生存下去的必要手段。如此，在都市中就产生了专门把信息贩卖给他人的新生意。例如，十六七世纪奥格斯堡的富商富格尔把从世界各地收集来的信息以手写报纸的形式（时报）发行。即便在日本，也是如此。伴随着人们从农村共同体流入都市，人们对信息的需求量就越来越大，处理传递信息的专业媒体也随之应运而生。"世间师"的定居，使他们中产生了对信息敏感和具有信息传递才能的专家。在"瓦版"①和"草双纸"（绘图小说）的作者中，就不乏像平贺源内那样具有"世间师"生活的体验者。明治维新时期，报纸的创办者之一的岸田吟香，其前半生也是流入都市的"世间师"。在日本，虽然没有出现像富商富格尔那样贩卖信息的商人，但也出现了"飞脚"②信使、批发店向"瓦版"业主提供信息的情况。如果"世间师"没有定居都市，也就不可能出现出版、报纸等新媒体。"世间师"在这种意义上看，正是新闻记者的源头，是极具都市色彩的职业。随着都市信息媒体的形成，"世间师"提供信息服务的功能也被剥夺，他们在共同体内存在的意义也被削弱。

"世间师"在阶层、出生地等方面，被定居者视为卑贱。也就是说，定居者对来历不明的漂泊者存在歧视，并且由此产生了对他们所传递信息的不信任感，他们往往被当地住民怀疑。更有不少当地人从他们巧妙的谈话技巧中，看穿他们编造的谎言和故事。因过于巧言善辩，反倒更摆脱不了嫌疑。定居者与生俱来对"世间师"持有身份上的歧视，对他们的信息存有不信任感。在中世的欧洲，相当于"世间师"的人都是处于社会最底层。但是，这种贱民正因为是流浪者，"反而不代表特定阶级的利益，能起到传

---

① 江户时期，用于传递天地变异、火灾、殉情等具有高度时事性信息的纸制媒体。幕末大量被出版，到明治初期报纸出现后，逐渐衰退。

② 在日本律令制时代，由唐引入的制度。主要指从事通讯和运输金钱、货物的职业的人。

递信息的媒体的功能。"① 在日本，由于流浪者脱离了地域和基层的纽带，反而更能加强他们所传递信息的客观性。"世间师"作为广阔异乡事件的见证者、信息的分析者、传递者，尽管承受了歧视，却享有了自由穿梭在共同体之间的特权。并且，他们还能向共同体提供生活必需品、歌舞等，在商业、服务活动停滞的共同体中，这些人往往被视为珍宝。而给"世间师"提供食宿的人们，都是共同体的村长、地主、豪商等有权有势者。他们通过接待，就能从"世间师"那里获取比其他共同体成员更快更详尽的信息。而信息的优先获取权，有助他们经济、身份地位的强化。特别是通过优先获得信息，还能够提高作为有影响力人的地位，使他们成为有名望的人士。

　　因此，定居者对"世间师"有着爱恨交织的复杂情感。他们骨子里既有着对"世间师"出身的歧视，也有对他们传递信息的不信任感。同时，他们还对走遍他乡的"世间师"的经验和特权怀有敬意，并由此产生对"世间师"所传递信息的好奇心。"世间师"深知居民对他们抱有的这种矛盾感情，于是在充实本职的同时，拼命地博取人们对于信息的信任。他们努力将自己的见闻生动具体的传达给当地人们，以增强对他们的信任感。在都市成立之时，共同体成员所持有的"世间师"观，也被传承下来。作为都市新媒体的旗手，新闻记者往往处在人们对其身份和所传递信息的半信半疑中，这也成为记者所背负的宿命。正因为

---

① 阿部謹也、『中世の窓から』、朝日新聞社、1981 年 3 月、185 頁。

新闻记者比"世间师"更加专业化，所以人们对他们所经营信息的要求也就更为苛刻，他们所受到的指责也就越强烈。

通过上述分析，不难看出因为新闻记者的始祖"世间师"具有身份和出身的不确定性，与生俱来就受到歧视和怀疑。即便到了明治四十年代，这种视新闻记者为卑贱的看法仍然没有改变。这是新闻记者本来的宿命，加之这一时期新闻记者缺乏职业操守，更使他们处于恶评的风潮中。基于以上原因，就有了《从此以后》中平冈这个形象的设定。通过对道德败坏的新闻记者平冈的描写，似乎更能感受到夏目漱石的不安。而这种不安的根源体现在明治末期后援者的变迁，即从中世比较安定的宫廷、寺院等后援政策，到明治时期，转变为新闻出版业的经营政策。在《从此以后》中，夏目漱石将代助与父亲的关系描写为一种经营方式，而代助的政治婚姻更是后援者将知识分子当做投机对象的最好例证。而报纸小说家究竟能否在近代出版业中独善其身，平冈这一新闻记者形象的设定，必定是夏目漱石内心苦斗的结果。

第五章　新闻记者形象形成原因分析

通过上述作品分析，为我们呈现了不同新闻记者形象。他们以失败的实业家、消极的生活者、败德的新闻记者等形象被客观地描绘出来，但不论哪种类型，都有别于批判型知识分子，他们被当做生活者对待。相较于其他类型的知识分子，新闻记者类型知识分子具有怎样的特质？而形成此种新闻记者形象的原因又是什么？在本章中，将就以上两个问题进行论述。

第一节　新闻记者类型知识分子的特质

文学家进入报社工作的事例屡见不鲜。与夏目漱石、石川啄木处于同时期的新闻记者，还有二叶亭四迷、正冈子规等人。但在这些转行文学家的创作中，却没有表现新闻记者主题的作品。二叶亭四迷是在日俄战争爆发后不久的1904年3月进入朝日报社的。然而不同于以作家身份进入报社的夏目漱石等人，关心政治时事的二叶亭四迷是作为政论记者进入报社的。身为"言文一致体"① 的创始者、日本近代文学的先驱，二叶亭四迷却始终排斥文学创作和其小说家的身份。在他看来，文学不是有识之士一生从事的事业，而应该通过投身社会变革来体现自己的价值。这与自始至终以小说家身份为傲的夏目漱石形成了鲜明的对比。二叶亭四迷通过特派记者身份来体现俄国知识分子的内涵，夏目漱石则是通过文学创作发现生活的意义，更通过对新闻记者的描写来揭示作家的生活状态和自身的主体意识。如此一来，原本具有批判社会权利的新闻记者形象，却在不同作家身上以不同形式展现。

明治四十年代自然主义文学盛行，作为广泛意义上的知识分子自然主义作家们，通过写实的手法，客观地描述了新闻记者的生活者形象。他们的作品中，大都描写了明治末期的中年新闻记者形象。这些新闻记者是生活在社会底层的知识分子，过着困顿的生活。在新闻出版业发展为一种商业经营模式的时候，他们为了生存，把名声不好、地位低下的新闻记者作为过渡性的工作。正因为这种不安定性，他们内心经常感到不安。在明治时期的实业大潮中，知识分子由原来对国家的关注转到对个人和社会的关注。他们中有人渴望通过兴办实业来实现自我，但在闭塞的现实环境中，都以失败告终。这些知识分子大都本性善良，虽然内心孤独，但是有接近他人，与人交流的愿望。不同于其他表现近代知识分子的作品，在作为研究对象的作品

---

① 用日常的口语体来写文章。明治时期，文学家针对古典文体而兴起的改良运动，而二叶亭四迷的《浮云》则是言文一致小说的嚆矢。

中，特别随着明治末期记者俱乐部的成立，他们多以群体形象出现。但值得关注的是，在这些作家反映新闻记者的小说中，虽然多客观写实地描写了明治末期新闻记者的生活实态，但作品中的主人公多为社会部记者高桥和定吉、校正小野、小报经济部记者平冈的形象，并没有反映文艺栏记者的现实生活。虽然在夏目漱石、石川啄木的书简及日记中有提及到自身的新闻记者生活，但不足以作为一个完整的形象来把握。原本具有批判社会现实功能的新闻记者却以普通生活者身份出现，与其他类型知识分子在小说作品中的形象塑造形成了巨大反差。

在1887年的《浮云》中，内海文三作为小官吏形象出场。作为早期体制内政府培养出来的知识分子，他对现有制度没有批判意识，仅是表现出了对官场氛围的不适应。他的烦恼来源于不会像本田升那样趋炎附势，无法达到官运亨通。明治时期的"多余人"文三，虽然是个官吏，但是他在不需要能力、只需要无条件服从制度和上司的体制内却无法生存。他虽然对这种需要谄媚的社会深恶痛绝，但是却没有实际的反抗行动。在他被免职后，与阿势的恋爱关系也被断绝。而文三对此，并没有做出任何抗争的努力，只是终日闷在房间里苦恼。而这种明治时期的苦闷和俄国文学紧密联系。精通俄国文学的二叶亭四迷，在塑造文三这一"多余人"形象时，曾经参考了冈察洛夫的《断崖》。川端香男里认为所谓的"多余人"是指"与周围的环境不适应、排斥社会、被社会遗弃的人。这是在俄国文学中经常出现的类型。他们不能在社会上施展才能，人生苦闷，却不付诸行动"。① 在此，揭示了"多余人"的特征。而木村彰一在谈到俄国文学中出现的"多余人"形象时认为："作为残酷的政治镇压的结果，明治四十年代，相对来说，比起实践，不如说是浪漫主义、理想主义等思想捕获青年内心的时代。明治四十年代的知识分子，可以说是无行动的言论人、怀疑家、梦想家。"② 这个时代的青年们的空想倾向，使他们仅仅处于冥想阶段，却不迈出现实的一步。《三四郎》、《青年》、《青春》等作品大多描写了处于思想成长期的学生形象。《青春》就是小栗风叶在吸收西方思想的基础上创作的。小说的主人公关钦哉身为帝国大学学生，经常受到周围友人的赞誉。他是一个对理想生活有着憧憬、能言善辩的青年。他不满足自我主义、实际主义等各类西方新思潮，试图超越道德，生活在美的世界里。在作品中，他曾有这样的论述：

"天真本性的表露，自然性情的发挥，是青年的生命。我们青年一旦意识到自我，就会始终任自觉自由发展。但是社会、教育等因素就会抑制，因为试图推进形式变革，所以无论如何都必须反抗。一方面受内心的自觉而苛责，一方面必须反抗外部压制，因此精神上的苦闷实在是凄惨。总之时代如此不风雅、没理

---

① 川端香男里编、『ロシア文学史』、東京大学出版社、1986 年、167 頁。
② 木村彰一、「ロシア文学における世代の問題—トゥルゲーネフの『父とチ』とドストエフスキイの『悪霊』—」、『魅せられた旅人—ロシア文学の愉しみ』、恒文社、1987 年、157 頁。

想，除了自意识外，无信仰、无感化、无慰藉、一无所有，完全孤立……总感觉活得很悲惨。生活意志其本身的深刻怀疑和烦闷，烦闷的至极是失望。厌世，厌世之后……啊，随后的命运已被预测到。"①

以上是因神经衰弱而住院的钦哉，对探病的人所吐露的心声。他善辩的烦闷绝不是孤高且真挚的烦闷，只不过是烦闷流行的产物罢了。但是没有实际行动的青年所受到的待遇却天壤之别。《浮云》中的文三被免官后，逐渐被周围的人所嫌弃。原本对他冷淡的阿政自不必说，就连阿势也远离自己，和正迈向成功道路的本田升亲近。但在《青春》中，即便钦哉无所作为，也同样深受周围女性的欢迎。文三的无所作为被理解为做事笨拙、不得要领、生性乖僻，或者是懒惰思想。而钦哉因崇高的理想被正面评价。而这种背景下，隐藏着后援者的问题。无论是靠家里每月寄来的25日元过活的三四郎，还是拥有实业家支持的钦哉，充足的物质基础保证了他们精神的独立。学生特殊的身份是他们有力的保障。矶田光一曾评价藤村操的自杀为"学生暂停状况下的死"② 正如他指出的那样，烦闷和学生的暂停密切相关。原本学生时代是出人头地的准备阶段。以优异的成绩，从好的学校毕业，就等于可以预知

---

① 小栗風葉『青春』（上）、岩波文庫、1953年、45—46頁。
② 磯田光一、「遊民の知識人の水脈—屈折点としての藤村操」、『近代の感情革命—作家論集』、新潮社、1987年、26頁。

美好的未来。但是学生们通过藤村事件的启发，已经对出人头地的想法兴趣锐减。吸收欧洲思想和文学，沉溺在"烦闷"这一流行产物之中，此时就成为学生的新特权。因为是知识分子，所以烦闷。这种气概里，包含了一种特权意识。在《青春》中，钦哉的友人北小路认为高中生和大学生的烦闷源自怀疑。但即使烦闷，他们也无彻底贯彻之意。他们抱有疑惑，听之任之，无论何处都不想解释，仅是沉溺在烦闷本身当中。这里揭示了在做学生的有限时间里，所具有的特权。

对这种特权存在基础进行考察的时候，就会有不同的发现。东京出身者自不必说，对于那些上京求学的青年来说，如若不是相当的有产阶级，学费和住宿费等各种花销对他们来说都是不小的负担。而解决困境的方法，无非是通过苦学获取奖学金，或是找到后援人。《浮云》中的文三出生在静冈，父亲去世后，十五岁开始受东京的叔叔照顾。他之所以能接受高等教育，是因为考取了助学金资格。"原本和其他的公子哥儿不同，因为不能指望父母寄钱，所以不能也不想浪费一文钱，只是想着必须让杳无音信的单身母亲安心，并报答照顾自己的叔叔。想到这些，珍惜光阴，刻苦学习，学业精进，任何考试都是说要考取头名，连教员都佩服他是难得的书生。"[①] 受困于经济的文三自然也没有烦闷的时间。而另一种获取高等教育的手段就是有后援人。无论是夏目漱石描写的三四郎，还是森鸥外作品中的

---

① 『二葉亭四迷全集』第一卷、筑摩書房、1984年11月初版発行、12頁。

青年都是靠地方父母的资助来获得教育的机会。在《青春》里，钦哉从母亲那里获得经济支持，另一方面，亡父的同事是个实业家，在东京做他的保证人。无论是母亲，还是保证人都期待着钦哉通过学历来获取成功。在《青春》中，保证人的香浦认为钦哉如果不当医生，就有些可惜了。好不容易成为学士，以中学教师终极一生实在无趣。这体现了香浦对钦哉未来的担心，而母亲则也表示最大的愿望并非希望他成为中学或者小学的教员。当钦哉生病住院后，母亲表示已经放弃他了。也就是说儿子如果违背了家乡亲人和保证人的期待，经济不能自立的话，就只有陷入被抛弃的困境。对于代助来说，父亲是后援人。当代助与父亲的关系因政治婚姻而演变为一种利益关系时，"高等游民"代助因被后援者父亲断绝关系，也丧失了过纯粹知性生活的可能性。

另一方面，如具有行动能力的《破戒》中的教员丑松，虽然他的行动仅停留在对小学生告白的层面上，但他的行动仍然受到很高评价。即便仅仅是对现代文明批判，却没有实际行动的广田和代助，在作家夏目漱石那里，依然都被看做是高尚的人，而生活在社会底层的如平冈一般的新闻记者则被称之为"低等人"。在此，我们会发现近代日本文学作品中，作家把生活者的烦闷过小看待的同时，却把理想主义者的苦恼过度放大。这一倾向特别是通过明治末期的"藤村操事件"得以充分的体现。1903年5月22日，东京帝国大学学生藤村操因难以理解关于人生的哲学问题，而跳入华严瀑布自杀。拥有美好未来的一高生，作为爱读

《西国立志篇》的社会中最受益的青年，通过抱恨决死的行为，表达了对当时价值观的排斥。这个事件所具有的浪漫主义氛围在鱼住和泪香那里被理解为"时代的烦闷"、"罪在时代"，更把藤村操当作时代的殉教者。由此，产生了众多追随者，他的《烦闷记》出版后，更是风靡一时。当时的青年们认为"怀疑颓废"是新时代新人物应选择的道路。同时，他们还从俄罗斯文学中寻求对于人生的解释。西方文学，与其说是他们模仿的对象，倒不如说成了他们同化的对象。如此，社会上的青年把藤村操的死看作是新价值观的认识，实质上是把他推向神话的过程。对此，岛崎藤村在《绿荫杂话》（1906）中指出，当今日本文坛在发生变化，深受法国和俄罗斯文学的影响。

藤村操事件后，长谷川天溪在《太阳》（1903）八月号上发表《人生问题的研究和自杀》的文章，就藤村的自杀问题展开论述。他愤慨道：

> "为什么因人生问题自杀就尊贵，为什么因负债、失恋、考试落榜等其他原因自杀的人，就不值有识之士的关注，所谓的为人生问题的自杀无非是自私的表现。若问因人生问题自杀者，因何自杀时，我敢说，他们因为得不到个性欲望的满足，无非是追求寂灭。即他们奉守个性发展主义，是失败者。个性发展主义，即所谓的本能满足主义、浪漫主义是一时潮流。他们一派以此解答人生问题，按照个人本性追求幸福，得

到快乐。"①

在这里,藤村操的自杀被看做是效仿西方文学中浪漫主义的作为。正如长谷川天溪所指出的那样,他的做法只不过是满足个人欲望的本能满足主义。同样,我们也可以借用这种解释来理解自然主义文学盛行时期的虚无主义。在模仿西方,特别是俄国文学者的虚无主义者形象的过程中,众多作家的作品中多弥漫着虚无主义氛围,《流浪》中主人公事业失败时关于人生的思考,以及《尘埃》中倦怠的生活者都是很好的例证。他们借用西方文学概念,来解释不同环境中日本的现象。进而强化了"罪在时代"的观点,可以说明治四十年代的虚无主义是弱者将其行为正当化的理论工具。

事实上,批判型知识分子在进行社会批判时,往往需要足够的物质基础。在某种程度上,新闻记者缺乏批判意识与所处知识分子结构中底层有关。困顿的生活使他们丧失批判的物质基础。但他们只是在整个知识分子群体中,相对贫困而已。但是新闻记者们却在夸大因拮据的生活带来的精神困惑,从而逃避自身的社会责任。这些处于明治末期的第二代知识分子,没有切身参加社会变革的体验,因此他们更加感到社会的不协调。这些新闻记者和其他类型知识分子相比,虽然也是有思想没行动,但由于新闻记

---

① 長谷川天溪、「人生問題の研究と自殺」、『太陽』、1903 年 8 月号、174 頁。

者所处知识分子结构中底层，特别是新闻记者受到其他知识分子的蔑视，这就使得他们更感到无力，内心备受煎熬。正因为孤独无助，才更渴望和他人交流。新闻记者形象与官僚、教师等形象不同，他们多是以群体形象出现，但善良卑微的知识分子因为自身的无力感，却也只能局限在内部机构中彼此寻找心灵的慰藉。

第二节 新闻记者形象形成的原因

关于明治末期社会的现状，在夏目漱石看来，现代日本的开化是肤浅的开化，知识分子患上无可救药的神经衰弱，正奄奄一息在路旁呻吟。如今的日本人可怜、悲哀，完全陷入了荒谬绝伦的窘境。在毁灭的现实认识上，得出"只是叹息为难的极其悲观的结论"。从上述夏目漱石的观点中可以看出，近代国家的现实是荒谬绝伦的窘境，这是因神经衰弱气息奄奄的国民所致。相对夏目漱石从社会整体看待的日本论而言，石川啄木则在《时代闭塞的现状》中，将日俄战争后蔓延在社会中的矛盾理解为政治、社会、思想方面的"时代闭塞"。以下将从社会状况以及作家的主体意识两个层面，对作品中新闻记者的形成原因做一简要论述。

一、闭塞的时代现状

以上作品中，对处于社会底层新闻记者的描写是基于生活困顿的社会现实，而这又具体体现为就业难。石川啄木就曾对学士就业难的现象做出以下阐述：

"今日我们的父兄大都认为一般学生的学风扎实，并为此喜悦。而所谓的扎实仅仅是今日的所有的学生从学生时代就必须担心就职问题。尽管变得扎实，每年数百官私大学毕业生，有一半难以获得职位，在公寓无所事事。并且他们是很幸福的人。如前所述，多出他们数十倍，百倍的大多数青年，受教育的权利中途被剥夺。不完整的教育使他们的人生半途而废。即便他们勤奋努力，也难以拿到30日元以上的月薪。当然他们并不满足于此。如此，在日本'游民'这一不可思议的阶级正在渐增。如今无论去哪个偏僻的农村，也就有三五个中学毕业生，而他们的事业实际上只有蚕食父兄的财产和闲逛。"①

石川啄木通过以上论述揭示了明治末期就业难的社会现实。而学士就业难，并非始于明治四十年代，早在1891年的《读书的游民》中，就描绘了帝国大学毕业生为找不到工作而发愁。② 而在两年后即1893年的《今年的大学毕业生》中，更有详细的描述：

---

① 石川啄木、「時代閉塞の現状」、『石川啄木全集』第四卷、筑摩書房、1980年3月初版一刷、268頁。

② 「書を読む遊民」、『国民之友』132号、民友社、1891年、507頁。

"并非如今开始的现象,但是,大学毕业生每年数量增加,伴随着各官省高等官员需求量减少,大学毕业生愈发陷入困难的境地。就本年度毕业生而言,人数已增加150多人,但是能在中央官厅奉公的不足30人。其他即便从事公司、代言事业,但并没有安身之处。即便东奔西走,也难以成为各省见习生。据说即便尝试属官一职,也关乎大学品位,常被谢绝。"①

在当时,就职于中央官厅的人是少数,剩下的成为公司职员或是律师。早在明治三十年代,公司和银行的中间管理层就已被受过高等教育者所占据,但没有就职的人占多数。以东京帝国大学毕业生数量为例,1892年有199人,1907年已增至538人。加上京都帝国大学毕业生已达949人。竹内洋曾就1911年的东京帝国大学生的毕业去向做过详尽的调查。在当时"职业未定或不详者"中,法科大学占了38.3%,文科大学占39.5%。在文科大学毕业生中,入研究生院学习的人占23.5%,从文科大学毕业后,不足一半的人能马上就职。文学作品中,法科大学的"三四郎"靠着家里每月25日元的汇款享受着学生时光。而在当时,农民家庭靠30日元可以过半年。早在1894年,法科大学毕业生成为司法官的月薪为21日元,木匠为15日元。比起接受高等教育所花费的上千日元,大学生已平民化。这种就业难的状况在作品中也有所体现。《从此以后》中的平冈进

---

① 「大学卒業生の今年」、『教育時論』300号、開発社、1893年、29頁。

实业无望后，只能在小报从事新闻记者的工作。《流浪》中岛田和《尘埃》中的"我"也都是放弃文学创作，去从事新闻记者这一不光彩的职业。这些作品中虽然多描写知识分子的困苦生活，但他们的"困苦生活"也只是相对其他官吏和实业家的知识分子而言。比起当时的农民和劳动者，他们的生活还是相当富足的。他们的困苦只不过是并非特别富裕而已。他们的所得也就是中流下层的所得。虽然是中流下层的收入，但他们却要过中流上层人的生活，尽管他们相对贫困，但大都雇有女佣。于是，经济上自然显现破绽。

除了客观存在的就业难的现实，当时社会蔓延的虚无主义思想也毒害了知识分子。在以上作品中，无论是有思想无行动的高桥，还是意志力薄弱的定吉，都因对人生意义产生怀疑，而陷入虚无主义的境地。实际上，作品中这种虚无主义者形象的塑造和当时的文学思潮相关。明治时期，自然主义文学衰退，并且自然主义文学作家们和实际行动相脱离，已经无力打破时代的闭塞。这种闭塞来源于国家主义的压制和明治青年的淡漠不关心。这一时期受西方虚无主义思潮的影响，对人生没有任何要求和目的的青年逐渐增多。他们对社会现状不关心，只是任凭自己的神经暗示行动。虚无主义这个词最早来源于拉丁语的"nihil"，意为"什么都没有"。nihiliste（虚无主义者）最早使用于 1761 年，不过那时指宗教意义上的异教徒。1829 年出现在俄语中的 nigilizm（虚无主义），是由于这个词对于现代语言的浸透。它作为哲学意义：认为世界，特别是人类的存在没有意义、目的以及可理解的真相及最本质价值。与其说它是一个人公开表示的立场，不如说它是一种针锋相对的意见。对虚无主义进行论述的著名哲学家有尼采和海德格尔。特别是在《权利意志》等尼采晚期的作品中，都有对虚无主义的相关论述。在他看来，虚无主义是十九世纪的主要问题，并且表现为以下两种形式：一种为能动的虚无主义，即积极地考虑万物无价值、虚伪、假象的生存方式。也就是说，自己要具有积极地创造假象，尽力珍惜每个瞬间的态度；另一种为被动的虚无主义，因不相信任何事物的状态而感到绝望、精疲力尽。特别是后一种虚无主义在文学作品中经常出现。虽然"虚无主义"这个词是近代历史的产物，它所代表的态度却不尽然。在文学中，19世纪俄国小说家屠格涅夫在他的小说《父与子》（1862）中，描写了俄国兴起的"多余人"形象，这种形象多来自上层社会的学生。他们一如《父与子》中的巴扎洛夫一般，是思想的先行者，但对改革主义者的慢节奏已不抱幻想，他讲述改革实用主义并宣扬用暴力改革社会。虚无主义通过巴扎洛夫这个激进者的形象，表现为缺乏道德意识，不相信真理和社会准则。他们是游离于社会外的存在。

  与俄国文学中的"多余人"形象不同，具体到明治末期知识分子的现状，虚无主义可以理解为"一般青年的倾向"。而近代虚无倾向以生活的统一和彻底为口号，但他们大都丧失坚强的性格。即便有知识分子对人生有要求和目的，但因自觉到缺乏实现要求、完成目的的力量时，就会沉入无以言表的悲痛深渊。在作家广津和郎那里，把这种青年所处的状态称之为"性格破产的状态"。这些处于明治末期的第二代知识分子，由于他们并不具有参与导致此现状的明治近代社会创造的实感，所以他们所产生的超越自身力量的不合理感和无力感也就越强烈。在《神经病时代》中，作者塑造了一个被剥夺人生可能性、迷茫的青年形象。性格破产者主要是指在污浊的现代社会中，因为软弱的性格而无法正确地贯彻自己，苦于自我分裂的知识分子类型。其特征在于，无论是随着神经的暗示行动，还是意识和行动的背离，他们在一举一动中都感到笨拙的自我意识。但是，作品中所描写的性格破产者，决非是打破定式的反常识人物，他们只不过是懦弱的正直人。在《我们的一伙儿和他》中，通过高桥和"我们一伙儿"的接触、对立和矛盾，来发现"现代的思潮"——虚无倾向、人的颓废和人生的倦怠以及二重生活的本质。通过这个过程来确定将"认识"和"实行"往哪个方向统一。

二、作家的主体意识

新闻记者的弱者形象在闭塞的时代中被客观地描述出来，但除了客观存在的现实外，知识分子自身意志力薄弱、性格懦弱等主观因素更是无法忽视。无论是《我们的一伙儿和他》中的高桥，还是《神经病时代》中的定吉，虽然他们具有正确的理论和先进的思想，但都因为自身意志力薄弱而导致思想和行动背离。作品中的知识分子虽然通过深刻的自我反省认识到自身的弱点，但这些知识分子不是通过行动来使生活统一，而是以一种调和的方式来回避问题。像高桥、定吉这样有思想无行动的知识分子弱者形象，实际在当时的现实社会中极具代表性。尽管新闻记者常被当作针砭时弊的权利者，理应作为批判型知识分子加以重点论述，但在夏目漱石和自然主义文学作家的作品中，这些新闻记者仅仅被当作底层的生活者形象描绘出。应该说，作品中新闻记者这个群体不同于以往日本近代小说中反映的教养型知识分子，他们作为败北的生活者和精神的困顿者被作家客观地刻画出来。通过客观反映新闻记者的小说，可以看出知识分子作家的内心世界。这些知识分子作家正是通过刻画底层新闻记者形象，表现了在丧失后援者的新闻出版业时代中知识分子作家的内心不安。通过这样的新闻记者形象的塑造，这些知识分子作家们也在揭示着不同人生方向的可能。他们一方面认识到，在闭塞的时代，思想与实践的不统一或许是弱者存活于世的有效生活手段。同时，他们又在内心里拒绝过类似作品中新闻记者的那种苟且的生活，这种矛盾心理使他们感到十分痛苦。

但是，同为贫困生活困扰的新闻记者形象却很少出现在众多作家的作品中。相对《三四郎》、《青年》中描写的有充分物质基础的有闲阶级而言，尽管他们也同样没有行动能力，但因理想而烦闷的事实却被广泛关注。在某种程度上，这也体现了多数作家所具有的浪漫主义倾向。同时，也体现了作家对于批判现实的关注，也许他们很少行动，但他们内心还是试图表现出传统知识分子的状态，这就使他们陷入了无法统一生活的内心挣扎中。尽管在夏目漱石和自然主义文学作家正宗白鸟、岩野泡鸣笔下，败北的生活者形象被客观写实地塑造出来，但是在这些作品中，身为文艺栏记者的作家们，并非描写文艺栏记者的生活实态，大都通过旁观者的视角来看待作品中社会记者、校正等人的生活。如此一来，在作家的自我身份认同上，产生了偏差。但从另一个角度来看，作家通过作品中对社会记者的塑造，更表明了从批判社会现实的角度上来理解知识分子这一问题。利用旁观者的角度来看待他人的生活，实际上反映了作家的逃避态度以及为使自己行为正当化而所做的努力。而作品中"有思想无行动"的弱者的调和式生活方式无疑也为作家们的生活方向起到很好的提示作用。

结　语

在以上论述中，主要以分析明治四十年代描写新闻记者的小说为例，考察了明治末期夏目漱石等具有新闻记者体验的作家的创作主体意识。在夏目漱石、石川啄木等作家的笔下，多描写了生活在社会底层的知识分子形象。作品中的新闻记者生活困顿，对社会现状无批判意识，更没有改变现状的实际行动。这些弱者形象的塑造固然和时代闭塞的现状及明治末期出版业的现状相关，但文学作品中描写的知识分子的命运，更与知识分子创作的文学形态相关联。实际上，它体现了这些具有新闻记者体验的作家的主体意识。特别是这些文艺栏记者创造出来的社会部记者、经济部记者形象，更体现了作家对当时社会记者的整体认识，同时也是如何看待文学家身份的过程。

在本文的第一章中，着重叙述了从文学家转变为新闻记者的现实性以及可行性。处于明治四十年代，文学作品成为商品，文学家们迫于改善经济生活的需要，成为新闻记者。明治末期的新闻出版业以获取最大利益的经营模式为主，随着后援者的丧失，作家在获取稳定的生活保障的同时，内心却并不安定。在第二章中，以作品《流浪》为例，来分析在实业大潮的明治末期，知识分子所处的边缘状态。《流浪》中主人公岛田在北海道这个边缘城市，创业失败。而他的出人头地的思想，正是试图通过个人的努力来得到社会的认可，进而处于社会中心地位的体现。与志在成为实业家的岛田不同，《尘埃》中为我们展现了倦怠的生活者形象。校正小野生活困顿，在报社里也是被同事忽视的透明人。丧失精神灵魂的他，机械地重复着每天的生活和工作。通过被现实摧残的消极生活者小野的形象，为我们揭示了边缘人存在的另一种状态。在第三章中，以作品《我们的一伙儿和他》和《神经病时代》为例，分析二重生活的本质以及作家对这一问题的认识。无论是有正确思想和理论，却没有实际行动的高桥，还是因意志力薄弱而丧失行动能力的定吉，实际上都是弱者的代表。第四章以《从此以后》为例，分析作家对新闻记者的蔑视观。源于蔑视新闻记者的风潮，更因为新闻记者的出身，夏目漱石在作品中塑造了道德败坏的平冈形象。在第五章中，将处于社会底层的青年新闻记者和其他类型的知识分子进行比较，从而强化作为生活者出现的新闻记者形象。此外，还从时代闭塞的现状以及当时的文学思潮等层面来理解作家创作的主体意识。明治末期，自然主义文学盛行，许多作家以写实手法创作出了反映社会现实的作品。因此以上作品中新闻记者形象的形成与当时的闭塞的社会状况和虚无主义思潮有关。

通过上述分析，明确了知识分子弱者形象形成的原因。如果把夏目漱石的现代日本文明论或石川啄木的时代闭塞的现状归结为外在原因的话，那么广津和郎的性格分裂论可视为内在原因。而无论知识分子的虚无倾向，还是性格分裂论，都是对西方文学的模仿。同时，在作家的主体意识中，把原本等质的生活者和理想主义者区别看待。反映此类新闻记者作品较少的事实，实际上体现了作家对无批评、无行动的生活者的过低评价，以及对有思想、无行动的理想主义的过高看待，由此凸显出作家的浪漫主义倾向。

参考文献

一、中文文献

1. 爱德华·萨义德：《知识分子论》，单德兴译，三联书店，2002年4月北京第一版。
2. 陈秀武：《日本大正时期政治思潮与知识分子研究》，中国社会科学出版社，2004年4月。
3. 林少阳：《"文"与日本的现代性》，中央编译出版社，2004年7月。

二、日文文献（单行本）

1. 青木保、川本三郎、筒井清忠、『知識人　近代日本文化論』、岩波書店、1999年
2. 秋山勇造、『明治のジャーナリズム精神』、五月書房、2002年5月第1刷
3. 荒木昌保、『新聞が語る明治史』、原書房、1976年7月
4. 池田功、上田博、『明治の職業往来——名作に描かれ

た明治人の生活』、世界思想社、2007年3月

5. 池辺三山、『日本近代文学館資料叢書「第Ⅰ期」文学者の日記3 池辺三山（3）』博文館新社、2003年8月

6. 石井研堂、『明治事物起原4』、筑摩書房、1997年8月

7. 伊藤整、『日本文壇史10 新文学の群生期－回想の文学』、講談社、1996年6月第一刷

8. 稲垣達郎、紅野敏郎編、『近代文学評論大系　第4巻　大正期Ⅰ』、角川書店、1980年4月

9. 稲葉三千夫、新井直三、桂敬一編、『新聞学』、日本評論社、1995年9月第3版

10. 猪野謙二、『明治の作家』、岩波書店、1966年

11. 今井泰子、上田博、『鑑賞　日本現代文学第6巻　石川啄木』、角川書店、1982年6月

12. 色川大吉、『明治精神史』（上、下）、講談社、1991年7月第1刷

13. 上田博、『群像 日本の作家7 石川啄木』、小学館、1991年9月10日初版第一次発行

14. 上田博、『啄木　小説の世界』、双文社出版、1980年9月

15. 生方敏郎、『明治大正見聞史』、中央公論新社、2005年8月改版発行

16. 坂本多加雄、『知識人　大正、昭和精神史断章』、読売新聞社、1996年

17. 尾崎盛光、『サラリーマン百年』、日本経済新聞社、1968年

18. 尾高邦雄、『職業の倫理』、中央公論社、1970 年
19. 岡野他家夫、『明治本徘徊　書誌書目シリーズ27』、ゆまに書房、1988 年 11 月
20. 桶谷秀昭、『二葉亭四迷と明治日本』、文芸春秋、1986 年 9 月第 1 刷
21. 小田切秀雄、『日本近代文学―近代日本の社会機構と文学』、青木書店、1955 年 6 月
22. 小田切秀雄、『二葉亭四迷』、岩波新書、1970 年 7 月第 1 刷
23. 小田切秀雄、『明治、大正の作家たち』、第三文明社、1978 年 12 月初版第 1 刷
24. 小田実、『日本の知識人』、筑摩書房、1985 年 5 月
25. 折口信夫、『日本文学の発生序説』、角川文庫、1975 年
26. 鎌倉芳信、『岩野泡鳴研究』、有精堂、1994 年 6 月初版
27. 亀井勝一郎、『知識人の肖像』、角川文庫、1954 年 11 月初版发行
28. 亀井秀雄、『明治文学史』、岩波書店、2000 年 3 月第 1 刷発行
29. 工藤与志男、『新聞記者石川啄木』、こころざし出版社、1986 年 7 月
30. 後藤亮、『正宗白鳥　文学と生涯』、思想社、1976 年 7 月
31. 紅野謙介、『書物の近代』、筑摩書房、2005 年第 2 刷

32. 佐野美津男、『小説のなかの教師』、日本評論社、1981年6月
33. 篠田鉱造、『明治百話』（上、下）、岩波文庫、1996年7月第1刷
34. 十川信介、『明治文学回想集』（上、下）、1999年2月第1刷
35. 鈴木貞美、『日本の「文学」を考える』、角川選書、1994年
36. 菅聡子、『メディアの時代―明治文学をめぐる状況』、双文社出版、2001年10月
37. 関肇、『新聞小説の時代』、新曜社、2007年12月
38. 相馬庸郎、『日本自然主義論』、八木書店、1982年4月第2刷
39. 高井有一、他、『群像 日本の作家7 石川啄木』、小学館、1991年9月初版
40. 高木健夫、『明治小説史明治編』、国書刊行会、1974年12月第1刷発行
41. 竹内洋、『立身出世主義』、日本放送出版協会、1997年11月
42. 太田昇、木股知史編、『漱石作品論集成第六巻 それから』、桜楓社、1995年4月初版二刷
43. 谷沢永一、『明治期の文芸評論』、八木書店、1971年5月初版
44. 千葉俊二、坪内裕三、『日本近代文学評論選 明治、大正篇』、岩波書店、2003年12月第1刷発行

45. 坪内逍遥、内田魯庵、『二葉亭四迷』、1909 年 8 月発行

46. 夏目漱石ほか、『朝日新聞記者夏目漱石』、立風書房、1994 年 7 月

47. 西垣勤、『近代文学の風景』、續文堂出版、2004 年 5 月

48. 西田長寿、『日本ジャーナリズム史研究』、三陽社、1989 年 11 月

49. 『日本近代文学大系　第 60 巻　近代文学回想集』、角川書店、1973 年 2 月初版

50. 野崎左文、『明治文学全集 98　明治文学回顧録集』（一）、筑摩書房、1980 年 3 月

51. 原田敬一、『日清、日露戦争』、シリーズ日本近現代史、2007 年 2 月第 1 刷

52. 春原昭彦、『日本新聞通史』、新泉社、2003 年 5 月四訂版

53. 伴悦、『岩野泡鳴』、明治書院、1982 年 3 月

54. 本田康雄、『新聞小説の誕生』、平凡社、1998 年 11 月初版第 1 刷発行

55. 前田愛、『幻景の明治』、岩波書店、2006 年 11 月第 1 刷

56. 牧村健一郎、『新聞記者夏目漱石』、平凡社、2005 年 6 月

57. 牧村健一郎、『ジャーナリスト漱石発言集』、朝日新聞社、2007 年 11 月第 1 刷発行

58. 正宗白鳥、『作家論』、岩波書店、2002 年 6 月
59. 松田道雄、『日本知識人の思想』、筑摩書房、1965 年
60. 松田良一、『近代日本職業事典』、柏書房株式会社、1993 年 12 月第 1 刷
61. 無名氏、『新聞記者』、文声社、1902 年
62. 嶺隆、『新聞人群像―操舵者たちの闘い』、中央公論新社、2007 年 3 月初版
63. 明治文化研究会、『明治文化全集　第四巻新聞篇』、日本評論新社、1955 年
64. 明治文化資料叢書刊行会、『明治文化資料叢書第 12 巻新聞編』、風間書房、1972 年 9 月
65. 柳田泉、勝本清一郎、猪野謙二、『明治、大正文学史 5』、岩波書店、2000 年 6 月第 1 刷
66. 柳田國男、『明治大正史　世相編』（上、下）、講談社、1976 年 6 月第 1 刷
67. 柳田知常、『岩野泡鳴論考』、明治書院、1969 年 9 月
68. 矢野龍渓、『明治文学全集 91　明治新聞人文学集』、筑摩書房、1979 年 7 月
69. 山崎正和、『不機嫌の時代』、新潮社、1976 年 9 月
70. 山本三生、『現代日本文学全集・第五十一編　新聞文学集』、改造社、1931 年
71. 山本順二、『漱石の転職―運命を変えた四十歳』、彩流社、2005 年 11 月
72. 山本武利、『近代日本の新聞読者層』、法政大学出版局、1981 年 6 月

73. 山本武利、『新聞記者の誕生』、新曜社、1991年1月
74. 山本武利、有山輝雄、『新聞史資料集成・第4巻　新聞記者論Ⅱ』、ゆまに書房、1995年5月
75. 山本武利、有山輝雄、『新聞史資料集成・第5巻　新聞記者論Ⅲ』、ゆまに書房、1995年5月
76. 嶺隆、『新聞人群像－操觚者たちの闘い』、中央公論新社、2007年3月初版
77. 吉田傑俊、『知識人の近代日本』、大月書店、1993年1月
78. 吉田精一、浅井清編、『近代文学評論大系1　明治期Ⅰ』、角川書店、1971年
79. 興津要、『明治新聞事始め－「文明開化」のジャーナリズム』、大修館書店、1997年3月

三、雑誌

1. 国際啄木学会、『論集　石川啄木』、1997年10月初版、桜楓社
2. 国際啄木学会、『論集　石川啄木Ⅱ』、桜楓社、2004年4月
3. 『国文学解釈と鑑賞　特集＝石川啄木』第50巻2号、至文堂、1985年2月
4. 『国文学解釈と鑑賞　特集＝石川啄木の魅力』第69巻2号、至文堂、2004年2月
5. 小森陽一、石原千秋、『漱石研究第5号』、翰林書房、1995年11月

6. 小森陽一、石原千秋、『漱石研究第 10 号』、翰林書房、1998 年 5 月

7. 日本文学研究资料刊行会、『日本文学研究資料叢書夏目漱石Ⅱ』、有精堂、1986 年 8 月

附 录

一、文中主要作品中日文对照

（注：文中关于《我们的一伙儿和他》及《从此以后》的原文引用分别参照了叔昌和陈德文的译文，其余均为笔者拙译。）

作者	作品日文名	出版时间	译者	作品中译名	出版时间
岩野泡鸣	『放浪』	1910 年		《流浪》	
正宗白鸟	『塵埃』	1907 年		《尘埃》	
石川啄木	『吾等の一団と彼』	1910 年	叔昌	《我们的一伙儿和他》	1962 年
广津和郎	『神経病時代』	1918 年	魏大海	《神经病时代》	2013 年
夏目漱石	『それから』	1909 年	陈德文	《从此以后》	1982 年

二、作家年谱

（注：按照文中作家出现的先后顺序排序。）

1. 岩野泡鸣年谱

1873 年

1 月 20 日，作为长男出生在兵库县津名郡洲，本名美卫。岩野家出身士族，从初代开始就侍奉阿波藩蜂须贺家。

1876 年（3 岁）

3 月 26 日，妹妹阿琴出生。

1877 年（4 岁）

1 月 26 日，父亲直夫成为四等巡查，供职于洲本警察署。12 月，祖父作兵卫去世。

1878 年（5 岁）

8 月，入津名郡日进小学。在学期间，受到商人、渔师等不同阶级出身子女的迫害，在他幼小的心灵留下了巨大的阴影。

1879 年（6 岁）

8 月，祖母去世。

1882 年（9 岁）

9 月，结束日进小学初等课程，进入中等六级。

1885 年（12 岁）

4 月，从日进小学毕业。同年 3 月，因中学停办，毕业后在私塾学习汉学、数学等科目。9月，开始进入英语研究会学习。

1887年（14岁）

3月，弟弟严出生。这一年进入大阪的西洋学馆，他舍弃原来当政治家的理想，立志成为传道师，并接受洗礼。

1888年（15岁）

5月，父亲直夫辞去警察署巡查的职位，6月16日，迁居东京麻布区。岩野泡鸣也在这一年从西洋学馆退学，进入明治学院学习，对爱默生的论文集产生浓厚兴趣。

1889年（16岁）

2月，父亲直夫任皇宫警察守卫员。泡鸣因对牧师的伪善不满、对教义感到疑惑，几乎停止了学校的学习。此时受岛崎藤村的影响，开始了新体诗的创作。从明治学院退学后，进入神田区的专科学校，学习政治经济学。

1890年（17岁）

8月，一家移居芝区。9月，创办文坛社，并发行机关杂志《文坛》（后改为《日本文坛》）。12月，泡鸣在《文坛》3号上发表评论《大诗人和文坛》，并以白滴子的名义发表新体诗《真理的人物》。

1891年（18岁）

1月，在《文坛》4号上发表新体诗《青叶摘》。1月末，因仰慕押川方义赴仙台神学校学习。3月，发表翻译《爱默生历史论》，并在《仙台神学校文学会杂志》发表新体诗《东京礼物》、《我的父亲》等作品。仙台时期，以爱默生作为心灵之友，潜心研究万叶集、诗经、希腊语、德语、梵文、莎士比亚等领域，过着修行僧般的生活。

1893年（20岁）

1月，《文学界》创刊。这一年深受歌德的《浮士德》、莎士比亚的《哈姆雷特》以及北村透谷作品的影响。

1894年（21岁）

受岛崎藤村的诗剧以及坪内逍遥的戏剧改良论的影响，决心致力于戏剧的创作。7月，在《评论》第26号上，首次用泡鸣这一笔名发表诗作《树冠集》。8月，在《女学杂志》上发表《悲剧魂迷月中刃》。12月，《魂迷月中刃》由女学杂志社出版，标题为《桂吾郎》。同年进入歌舞伎新报社从事编辑工作。

1895年（22岁）

担任《基督教圣歌集》的改译工作。并与小学教师竹腰幸结婚。

1896年（23岁）

1月31日，继母入籍。11月7日，妻子幸入户，同月长女喜代诞生。

1898年（25岁）

5月，在《天地人》上发表《蜻蜓之歌》。同年因患肺结核赴茅崎疗养。

1899年（26岁）

1月13日，长女喜代夭折。3月，分别在《天地人》和《女学杂志》上发表新体诗《于亡子照片上题词》和追悼文《失子记》。4月，移居至琵琶湖畔的大津市，兼任滋贺县警察本部的翻译和英语教师。

1900 年（27 岁）

4 月，担任滋贺县立第二中学的英语教师。5 月 15 日，次女富美诞生。6 月起，在《今世少年》上连载翻译作品《西伯利亚游记》。

1901 年（28 岁）

5 月 5 日，长子谕鹤诞生。8 月自费出版第一本诗集《霜露》。

1902 年（29 岁）

1 月 5 日，长子谕鹤因肺炎夭折。9 月，辞去教职，回到东京。成为大仓商业学校的英语讲师。10 月，在《明星》上发表《圆石》。10 月 11 日，在神田青年会馆召开的韵文朗读会上进行题为《诗句格调管见》的演讲。11 月，在《明星》上发表《十音诗体论》，表现了对诗歌形式的极大关注。

1903 年（30 岁）

1 月 11 日，次子熏诞生。这一年在《明星》上相继发表《湖畔的静思》、《旭日吟》、《犹太史的一部分》、《国旗粉碎》等作品。因定期在 10 月创刊的杂志《少年》上发表诗稿，成为少年诗的先驱。11 月，和前田林、相马御风、岩田古保等人创办东京纯文社，并创办文学美术杂志《白百合》，在《白百合》第 1 号上发表梦幻史诗《鸣门姬》。

1904 年（31 岁）

5 月，在《白百合》杂志上发表《悲恋之歌》，6 月，发表《世间的欢乐》，11 月，发表《世外的独白》，12 月，发表《嫦娥之恨》。12 月，由日高有伦堂出版第二本诗集

《晚潮》。

1905 年（32 岁）

4 月，在《白百合》上发表《摇曳的蜡烛》。5 月，发表《黑夜的横木》。6 月，出版第三本诗集《悲恋悲歌》，11 月，发表口语体诗剧《海堡技师》。

1906 年（33 岁）

3 月，在《新古文林》上发表《艺伎小竹》。5 月 20 日，三子真雄诞生。6 月，由左久良书房出版《神秘的半兽主义》，8 月，在《中央公论》上发表《现在新体诗的价值》，在《太阳》上发表《就歌剧问有识之士》。10 月，在《新小说》上发表悲剧《火舌》，11 月，《晚潮》和《悲恋悲歌》组成的合集《泡鸣诗集》由金尾文渊堂出版。

1907 年（34 岁）

2 月，以小山内薰为中心，泡鸣和柳田国男、田山花袋、长谷川天溪、岛崎藤村、正宗白鸟等人组成"易卜生会"。4 月，在《早稻田文学》上发表《从日本古代思想论近代表象主义》，同月在《帝国文学》上发表《自然主义的表象诗论》。

1908 年（35 岁）

4 月，第四诗集《黑夜的杯盘》由日高有伦堂出版。5 月 10 日，父亲直夫去世。泡鸣继承房屋租赁的家业。7 月，在《新声》中发表《表象主义和现实生活》，10 月，评论集《新自然主义》由日高有伦堂出版。12 月，四子贞雄因肺炎去世。就在这一年，泡鸣结识增田下江，并成为他五部作女主人公清水鸟的原型。

1909 年（36 岁）

2月，在《新小说》上发表《沉溺》。作为自然主义的代表作，确立了岩野泡鸣小说家的地位。4月派遣弟弟和表弟赴桦太开始罐头制造业，但最终失败。6月至11月，在北海道期间，相继发表《桦太通信》、《悲痛的哲理》等作品。11月，归京后和增田下江分手、和妻子分居。12月，与妇人活动家远藤清子同居，同月在《读卖新闻》上发表《北海道的天然》和《札幌的印象》。

1910 年（37 岁）

3月10起，开始《流浪》的写作，5月，短篇集《沉溺》由易风社出版，7月，五部作之一的《流浪》由东云堂出版。

1911 年（38 岁）

从1月至3月，《流浪》的续篇《断桥》在《每日电报》上连载。2月，在《文章世界》中发表《现代小说的描写方法》，表明了"破坏的主观"的描写态度。

1912 年（39 岁）

2月，在《早稻田文学》上发表《描写再论》，7月，《发展》由实业之世界社出版。9月，和妻子幸协议离婚。

1913 年（40 岁）

3月，和清子结婚。9月，由阳春堂出版《五个女人》。12月，在《文章世界》上发表《丑妇》，在《新潮》上发表《独身》。同月，评论集《近代思想和现实生活》由东亚堂书房出版。

1914 年（41 岁）

2月11日，清子产下五子民雄。同月在《中央公论》上发表《阿仙》，在《新小说》上发表戏曲《停电》。5月，次女富美夭折。6月，在《中央公论》上发表五部作之一《喝毒药的女人》，受到文坛的瞩目。

1915年（42岁）

1月，由广文堂发行《近代生活的解剖》，2月，由天弦堂出版《恶魔主义的思想和文艺》。8月，与清子分居后，和蒲原英枝同居。因牵扯到和英枝前夫的关系，8月，在《国民新闻》上被当作通奸事件报导，岩野泡鸣受到社会的谴责。

1916年（43岁）

1月，接受山本露滴的援助，创刊《新日本主义》。岩野泡鸣和广濑哲士、木村卯之等人鼓吹"日本主义"。2月，在《新日本主义》上发表《新日本主义的意义》。

1917年（44岁）

2月，和清子协议离婚。7月，在《新潮》上发表《文学和主义》，12月，在《大阪每日新闻》上连载《华族的仆人》，在《新小说》上发表《鼻子》，在《日本主义》上发表《传统和我们的日本主义》。

1918年（45岁）

2月，在《中央公论》上发表《非凡人的面貌》。4月，在《文章世界》上发表《散文诗的实例说明》。5月，和英枝结婚。10月，在《新潮》上发表《使现代小说构思创新的我的描写论》，确立了一元描写的理论。12月，六子谕鹤诞生。

1919 年（46 岁）

5 月，小说集《非凡人》由天佑社出版，6 月，《征服和被征服》由春阳堂出版。同月在《中央公论》上发表《催眠技师》。7 月，新潮社出版了"泡鸣五部作丛书"的第一篇《流浪》，9 月，出版第二篇《断桥》。

1920 年（47 岁）

2 月，在《日本主义》上发表《无政府主义介绍事件的批判》，同月由日本评论社出版《燃烧的汗衫》。5 月 9 日病逝，享年 47 岁。

2．正宗白鸟年谱

1879 年

3 月 3 日，作为长子出生在冈山县和气郡穗浪村，父亲正宗浦二，母亲美祢。

1883 年（4 岁）

进入栀岛小学学习。

1887 年（8 岁）

春天，和祖母参观京都和大阪。这一年阅读《汉楚军谈》、《三国志》等书籍。

1888 年（9 岁）

进入小学高等科。此时，阅读了《八犬传》及江户末期的读本等。

1892 年（13 岁）

热衷汉学的学习，喜爱阅读近松门左卫门及《水浒传》等。通过阅读民友社的出版物来接近基督教，并开始订购杂志《文学界》。

1894年（15岁）

身体衰弱，患上胃病。寄宿在冈山市看病的同时，跟随美国传教士学习圣经及英语。

1895年（16岁）

热衷阅读文学类书籍，特别沉迷于内村鉴三的著作。

1896年（17岁）

2月下旬，因想深入接触基督教及学习英语，赶赴东京。进入东京专业学校（早稻田大学的前身）的英语专业学习。

1897年（18岁）

从植村正久那里接受洗礼，成为日本基督教协会的会员。此时，在校内听坪内逍遥讲莎士比亚，在校外热衷听内村鉴三的讲演及观看戏剧。

1898年（19岁）

7月，从东京专业学校英语系毕业，进入史学系学习，对罗马史产生浓厚兴趣。同专业有德田秋江。

1899年（20岁）

因史学系被废除，继而转入文学系，在那里结识小川未明。此时对古典文学及外国文学产生兴趣。

1900年（21岁）

在岛村抱月的指导下，与德田秋江等人每周一次在《读卖新闻》上发表文艺批评。7月，从文学系毕业。9月，成为该校出版社编辑，负责编辑文学系的讲义。这一年，正宗百鸟脱离基督教，结识了田山花袋。

1902 年（23 岁）

这一年至翌年，负责编撰了《不可思议的鱼》、《梅王松王樱丸》、《五斗兵卫》等作品，并由富山房出版。

1903 年（24 岁）

6 月，进入读卖新闻社。负责编辑美术、文艺、教育方面的新闻。

1904 年（25 岁）

至 1 月开始，在《读卖新闻》上刊载剧评。以覆面论士、四丁生等匿名发表评论及翻译。11 月，发表处女作《寂寞》。至 12 月开始，在《读卖新闻》上连载作品《文科大学生的生活》。

1905 年（26 岁）

夏天，结识岩野泡鸣。10 月，作品《文科大学生的生活》由今古堂书店发行。

1906 年（27 岁）

3 月，应田山花袋之邀，参加龙士会，初次邂逅岛崎藤村。此时的龙士会聚集了柳田国男、田山花袋、国木田独步、蒲原有明、小山内熏等文学青年。

1907 年（28 岁）

2 月，发表《尘埃》，深受好评。作为新晋作家受到瞩目。之后参加易卜生会。9 月，第一部创作集《红尘》由彩云阁发行。

1908 年（29 岁）

发表《台球房》、《去何处》、《五月鲤鱼旗》、《二家族》等作品。9 月，搬离森川町，居住在本乡东片町。

1909 年（30 岁）

发表《地狱》、《落日》。

1910 年（31 岁）

5 月末，从读卖新闻社辞职。之后饱受胃病及失眠症的折磨。发表《徒劳》、《微光》。

1911 年（32 岁）

4 月，与油商之女结婚。之后发表《泥娃娃》、《毒》。

1912 年（33 岁）

发表首部戏曲《白壁》。

1913 年（34 岁）

发表《情死未遂》。

1915 年（36 岁）

发表《入江畔》。

1916 年（37 岁）

发表《牛棚的臭气》。

1918 年（39 岁）

此时深感创作之难，对人生产生倦怠感。

1920 年（41 岁）

发表《泉边》、《毒妇般的女人》。

1921 年（42 岁）

发表《各种人》。《白鸟杰作集》第一卷由新潮社发行。

1923 年（44 岁）

因大地震，房屋大半损坏，但总算幸免于难。

1924 年（45 岁）

创作《人生的幸福》、《梅雨之时》等戏曲作品。10

月，新剧协会上演《人生的幸福》，获得好评。

1925年（46岁）

发表《虽然杀了人……》。

1926年（47岁）

一年间，在《中央公论》上连载《文艺时评》，其有关文艺及演剧的主张，受到永井荷风、青野季吉、藤森成吉的辩驳。发表戏曲《安土之春》、《不受欢迎的男人》、《光秀和绍巴》。

1927年（48岁）

发表《关于但丁》，连载《文艺表演时评》。

1928年（49岁）

在《白鸟随笔》中连载作家论。11月，与夫人开始漫游世界之旅。

1929年（50岁）

游历美国、法国、意大利、德国，并发表相关游记。10月，回到日本。

1930年（51岁）

发表《活到老学到老》。

1931年（52岁）

发表《等待之人没来》、《明治文坛总评》、《明治剧坛总评》。

1932年（53岁）

《文坛人物评论》由中央公论社发行。

1934年（55岁）

4月，父亲浦二去世，白鸟继承家业。《我最近的文学评论》由改造社发行，《异境与故乡》由芝书店发行。

1935 年（56 岁）

1 月，每周在《读卖新闻》的"一日一题"栏目上撰写文章（直至 1940 年 9 月）。这一年在北海道、桦太、朝鲜、大连等地游玩。

1936 年（57 岁）

发表《关于托尔斯泰》。就托尔斯泰问题，与小林秀雄展开数次论争。7 月，再次策划漫游欧美，途经俄罗斯、芬兰、德国、澳大利亚、德国后，赴美国。

1937 年（58 岁）

在纽约度过新年，2 月，回到日本。6 月，被推举为帝国艺术院会员，但主动辞退。

1938 年（59 岁）

《文坛的自叙传》由中央公论社发行。

1939 年（60 岁）

发表《空想与现实》、《别处的恋情》。

1940 年（61 岁）

2 月，成为国民学术协会理事。4 月，将侄子丸山有三入籍为养子。8 月，在长野县轻井泽町建造宅院。这一年，再次成为帝国艺术院会员。

1941 年（62 岁）

《旅行的印象》由竹村书房发行，《等待的人》由实业之日本社发行。

1943 年（64 岁）

《无根草》由实业之日本社发行。10 月，任国际文艺家协会日本分会会长。11月，任日本文学报国会小说部会长。

1944年（65岁）

4月，出席近松秋江的葬礼。8月，一家搬至轻井泽。

1945年（66岁）

5月，东京的住宅失火。12月，发表《文学人的态度》。

1946年（67岁）

发表《战灾者的悲哀》、《变化的社会》。

1947年（68岁）

《正宗白鸟选集》由南北书园发行。

1948年（69岁）

《莫泊桑》由文艺春秋社发行，《自然主义盛衰史》由六兴出版部发行。

1949年（70岁）

《内村鉴三》由细川书店发行，《逃离日本》由讲谈社发行。

1950年（71岁）

初次发表诗《虚伪的世界》。连载《近松秋江》。11月，被授予文化勋章。

1952年（73岁）

3月，初次广播《政治与文学》。

1953年（74岁）

在《新潮》和《文学界》上连载《社会时评》。执笔艺术节上演剧目《江岛生岛》。

1954 年（75 岁）

在《读卖新闻》上连载《文坛五十年》。

1956 年（77 岁）

连载《人生恐怖图》及《怀疑和信仰》。

1957 年（78 岁）

2 月，被授予菊池宽奖。

1960 年（81 岁）

1 月，因作品《今年的秋天》获得读卖文学奖。发表《一个秘密》。

1961 年（82 岁）

2 月至 7 月，定期在《产经新闻》上撰稿。

1962 年（83 岁）

10 月 28 日，因胰腺癌去世。《一个秘密》及《人生恐怖图》分别由新潮社和河出书房新社发行。

3. 石川啄木年谱

1886 年

2 月 20 日，生于岩手县南岩手郡日户村曹洞宗日照山常光寺，父亲石川一祯为本寺第二十二代住持。上有两个姐姐。

1888 年（2 岁）

12 月 20 日，妹妹光子出生。

1891 年（5 岁）

5 月 2 日，入岩手郡涩民普通小学。10 月，长姐结婚。

1892 年（6 岁）

随母亲工藤入籍石川家，废工藤姓，改为石川姓。

1895 年（9 岁）

3 月，从岩手郡涩民普通小学毕业。

1896 年（10 岁）

3 月 25 日，被授予修业证书，升入二年级。

1897（11 岁）

3 月 24 日，升入三年级。

1898 年（12 岁）

3 月 25 日，被授予修业证书，修完三年课程。4 月，入岩手县盛冈普通中学。

1900 年（14 岁）

升入三年级。这一年与盛冈中学的文学青年野村长一（胡堂）、金田一京助等人结识。

1901 年（15 岁）

合并啄木等人创办的《新月》和濑川深等人创办的《梅雨》，9 月，发行传阅杂志《尔伎多麻》。啄木以笔名翠水发表题为《秋愁》和《秋草》短歌三十首。12 月，在《岩手日报》上以石川翠水的笔名发表《白羊会诗稿（一）夕阳之歌》。

1902 年（16 岁）

1 月 1 日，以石川翠江的署名在《岩手日报》上发表《新年杂咏〈白羊会诗稿〉》。1 月 11、12 日以卖羊子之名在《岩手日报》上批评蒲原有明的处女诗集《评〈嫩草〉》，3 月，在《岩手日报》上连载题为《寸舌语》的文艺时评，同月在《盛冈中学校友会杂志》第三号上以白苹的雅号发表《五颗星》、《卫矛》等短歌七首，还有美文《牧舍赋》。7月，在《盛冈中学校友会杂志》第四号发表《高调》，5月至6月，在《岩手日报》上刊载文艺时评《五月文坛》，10月1日，以白苹的署名在《明星》上发表短歌。10月27日，以家庭理由从盛冈中学中退。到东京后和与谢野铁干、晶子夫妻结识。12月以白苹的署名在《明星》上发表短歌三首。

1903年（17岁）

这一年回乡疗养。5月，以白苹的署名发表《瓦格纳的思想》，此后相继在《明星》上发表多篇短歌。12月，开始以啄木的署名在《明星》上发表《愁调》等诗五篇。12月17日至19日，在《岩手日报》上刊载《无题录》的随笔。

1904年（18岁）

1月1日，以啄木的署名在《明星》上刊载长诗《森林追怀》。1月10日、19日，在《岩手日报》上发表短歌九首。同月和堀合节子订婚。2月，在《明星》上发表《卫矛冢》、《生命之舟》、《孤境》长诗三篇。3月5日，在《时代思潮》第二号上发表《回忆》。4月1日，在《明星》上发表《钟之歌》诗三篇，5日，在《时代思潮》第三号发表诗《降下的钟》。4月28日开始，在《岩手日报》上连载评论《自涩民村》。6、7月，陆续在《明星》、《白百合》、《太阳》、《时代思潮》上发表诗作，8月1日，分别在《太阳》和《白百合》上发表长诗《寂寥》和《高风吟》，10月1日，在《明星》上发表《江上曲》。10月5

日，在《时代思潮》第九号上发表《秋风高歌》诗四篇。12月，父亲石川一祯被免去住持一职，成为啄木命运的转机。

1905年（19岁）

1月5日，出席新诗社的新年会，结识上田敏、马场孤蝶、蒲原有明等人。5月由上田敏做序、与谢野铁干做跋的诗集《憧憬》发行。9月5日，杂志《小天地》第一号发行。上面刊载了岩野泡鸣、正宗白鸟、与谢野宽、小山内熏等人的作品。这一年啄木的文学活动主要集中在《明星》、《时代思潮》、《白百合》、《太阳》、《晓声》等刊物上发表诗作。随笔《嫩叶外衣》和《闲天地》分别发表在《东北报纸》、《岩手日报》上。在显示出啄木旺盛的创作欲望的同时，肩负一家抚养重任也使他烦恼加剧。

1906年（20岁）

1月1日，往《岩手日报》投稿感想《老酒新酒》。为了改变生活上的困境，拜访函馆的表哥，未果。2月25日，秋田县的长姐田村去世。3月，带领母亲和妻子回到涩民村。4月，父亲复职住持职位。同月，啄木被录用为岩手郡涩民村普通高等小学的代课教师，月薪8日元。6月，前往东京，受夏目漱石、岛崎藤村、小栗风叶等人的影响，归乡后开始写小说。7月3日，执笔处女小说《云是天才》。11月，重写《云是天才》。同月，完成小说《吊唁行列》前半部分，12月发表在《明星》上。12月29日，长女京子出生。

1907年（21岁）

1月1日，以林中人之名在《岩手公论》上发表《锁门一日》。4月，率领学生反对校长，结果被免职。5月，一家离散，带领妹妹赴北海道，母亲留在涩民村，妻子托付给盛冈的娘家。在负责编辑杂志《红苜蓿》的同时，担任函馆区立弥生小学的代课老师。月薪12日元。8月，妻子和母亲相继来到后，啄木成为《函馆日日新闻》的机动记者，随后创办"周一文坛"和"日日歌坛"。9月，提出辞呈，随后赴札幌入北门新报社，从事校正一职。创办"北门歌坛"并发表感想《秋风记》，之后辞职参与《小樽日报》的创办，并担任社会新闻版的编辑。月薪20日元。12月，辞职后生活陷入困顿。同年在《盛冈中学校友会杂志》上发表评论《林中书》和感想《一把沙》。

1908年（22岁）

这一年，啄木开始接触社会主义思想。1月，入钏路报社，创办"钏路歌坛"，发表政治评论《云间寸观》和花柳界新闻《口红笔讯息》，并出演自己创作的剧本《无冕帝王》。这前后和艺妓交往甚密，沉迷于此。辞职后赴东京入新诗社，期间得到金田一京助的照顾，专心创作。此后，啄木写下《菊池君》、《医院的窗户》、《母亲》、《天鹅绒》、《两条血脉》，但因销量不佳，生活变得拮据。随后受到与谢野铁干、森鸥外的知遇之恩。受川上眉山的自杀（5月14日）和国木田独步的病逝（5月23日）的影响，诗兴大发，6月，以《石破集》为题在《明星》上发表歌114首。11月至年末，通过《明星》同人栗原古城的介绍，在《东京每日新闻》上连载小说《鸟影》60次。11月5日，《明星》发行百期后废刊。12月，和平野万里筹备《昴》的创刊号。

1909年（23岁）

1月1日，《昴》创刊，啄木刊载小说《痴疾》。1月，在《昴》第二号上发表自传体小说《足迹》。3月，作为朝日报社的校正正式上班，月薪25日元。6月，在宫崎郁雨的帮助下，把家人从函馆接到东京。以后经常苦于婆媳不和及夫妻矛盾中。10月1日，在《昴》第十号上发表小说《明信片》，10月30日，在《东京每日新闻》上分7回连载评论《自弓町》。12月，父亲从青森县来到东京。这一年的文学活动前半主要以小说创作为主，后半以感想、评论为主。年末，在《东京每日新闻》连载《夏日街道的恐怖》等诗，为新体诗开创了新局面。除此之外，还在地方报纸、杂志等媒体上发表感想、评论。此时的啄木摆脱"唯美主义、艺术至上主义"，并逐渐确立"为人生的文学"理论。这一年的主要著作还有短歌《莫再问》69首（《昴》第五号）、《胃弱通信》、《百回通信》（《岩手日报》）、评论《浮现心中的片断感觉和回想》（《昴》第十二号）、《文学和政治》（《东京每日新闻》）等。

1910年（24岁）

1月1日，在《昴》上发表《一年间的回顾》和《卷烟》。2月13日，开始在《东京每日新闻》上连载评论《性急的思想》。3月下旬，《二叶亭全集》第一卷的校正工作结束。4月11日，处女歌集《工作后》编辑结束，此歌集收录歌255首，同月，在《新小说》（十五卷四号）上发表小说《道路》。5月末至6月中旬，执笔小说《我们的一伙儿和他》。6月，受大逆事件启发，接近社会主义思想，并和社会主义主义者西川光次郎、藤田四郎等交往。8月下旬，执笔评论《时代闭塞的现状》，批判自然主义文学。9月，在女学杂志《紫》（第七卷第九号）上发表感想《知己少女》。9月15日，设立"朝日歌坛"，成为评选人。10月4日，长子真一出生。27日，真一夭折。11月1日，在《创作》（第九号）上发表歌论《一利己主义者和友人的对话》，12月，化名"林中鸟"创作《所谓这次事件》，对大逆事件和无政府主义进行评论，但被朝日新闻禁止发表。12月1日，歌集《一把沙》由东云堂发行，收录歌551首。这部歌集打破了一首歌三行的传统短歌的格调。12月10日，开始在《东京朝日新闻》上刊载《歌种种》。同月，啄木编辑的《二叶亭全集》第二卷发行。

1911年（25岁）

啄木继续关注大逆事件的后续发展。1月，开始和土岐哀果筹办文艺杂志《树木和果实》，4月，以失败告终。卧病期间，仍然关注社会主义思想，4月至5月，在《平民新闻》上刊载关于托尔斯泰的《日俄战争论》。6月，创作《无休止议论之后》等9篇长诗，并将其中6篇刊载在《创作》（第二卷第七号）上，追加《家》、《飞机》诗两篇合成诗集《哨子和口笛》。8月，向《诗歌》上寄送诗17首。除此之外，还在《创作》、《早稻田文学》、《秀才文坛》、《学生》、《新日本》、《层云》、《文章世界》、《诗歌》、《旷野》、《精神修养》、《东京朝日新闻》等媒体上发表短歌。

这一年，生活拮据、夫妻感情不和以及病弱的身体，都使啄木面临着人生最大的危机。

1912年（26岁）

3月7日，母亲去世。4月9日，啄木因患肺结核病逝，享年26岁。5月，妻子在房山生下女儿房江。6月20日，由土岐哀果命名的第二歌集《悲伤的玩具》由东云堂书店出版，其中收录歌194首。翌年5月，妻子节子也因肺结核去世，享年28岁。

4. 广津和郎年谱

1891年

作为砚友社作家广津柳浪的次子，生于东京市牛込来町（现为东京都新宿区矢来町）。

1898年（7岁）

4月，入赤城小学。7月，母亲因结核病去世。

1900年（9岁）

从矢来町迁居至弁天町。以后因频繁搬家，对"家"的观念淡薄。

1902年（11岁）

2月，迎来养母洁子。

1904年（13岁）

4月，入麻布学校。

1905年（14岁）

迁往麻布区霞町22番地（现为港区西麻布），至大学毕业的近十年间，都是在这个家度过。

1907 年（16 岁）

从此时开始，一家的生活变得拮据，在家庭和学校都过着抑郁的生活。以一篇《微笑》入选《万朝报》有奖征文，获奖金 10 日元。

1909 年（18 岁）

从麻布中学毕业。4 月，入早稻田大学文科预科学习，和谷崎精二、峰岸幸作等人结交。从此时起靠翻译赚取学费。

1910 年（19 岁）

入大学英文专业学习。5 月，翻译契诃夫的短篇《两个悲剧》，并刊载在《文艺俱乐部》上。

1912 年（21 岁）

与志贺直哉初次邂逅。9 月，与舟木重雄、相马泰三、葛西善藏等人创办同人杂志《奇迹》，发表《夜》、《握手》、《疲惫死》等作品。

1913 年（22 岁）

4 月，从早稻田大学毕业。5 月，《奇迹》废刊。毕业后不久搬至麻布区本村町（现为港区南麻生三丁目），10 月，翻译莫泊桑的《女人的一生》。

1914 年（23 岁）

4 月，入伍世田谷的炮兵第一连队。3 个月后进入每夕报社。这一年，与宇野浩二结识。

1915 年（24 岁）

2 月，从每夕报社辞职，翻译托尔斯泰的《战争与和平》。8 月，编辑《柳浪杰作集》，规劝生病的父亲去疗养。

和寄宿的女孩交往，12月，生下长子贤树。

1916年（25岁）

在杂志《洪水以后》上连载文艺时评，被森田草平、生田长江等人认可，开始被称为文艺评论家。3月，在《新公论》发表《契诃夫小论》。5月，《洪水以后》废刊。6月，为发行的契诃夫《接吻外八篇》做序《契诃夫的优点》。11月，搬至片濑，12月末，迁居镰仓。从9月起，相继在《托尔斯泰研究》、《新潮》等刊物上发表评论。对当时盛行的人道主义进行批评。

1917年（26岁）

2、3月，接连在《托尔斯泰研究》上发表《愤怒的托尔斯泰》，引发强烈反响。7月，分别在《托尔斯泰研究》和《新潮》上发表《托尔斯泰和我的立场》及《关于自由和责任的考察》。这一时期开始立志成为作家，10月，经正宗白鸟介绍，在《中央公论》上发表《神经病时代》，成为进入文坛的成名作。11月，在《文章世界》上发表《本村町的家》、在《黑潮》上发表《滚落的石头》，在《新潮》上发表《想起的事》，确立了新进作家的地位。

1918年（27岁）

4月，由新潮社发表第一部短篇集《神经病时代》。5月，在《读卖新闻》上连载《两个不幸的人》，10月，由新潮社发行。

1919年（28岁）

3月，短篇集《握手》由天佑社发行。4月，在《中央公论》上发表《抱着死婴》，并在《雄辩》上发表《横田的爱情》。7月，短篇集《朝向光明》由新潮社发行。

1920年（29岁）

1月，在《新潮》上发表《感情衰弱者》、在《雄辩》上发表《悲哀的人们》。3月，聚英阁发行了他最初的评论集《作者的感想》。

1922年（31岁）

1月，发表《一个宣言》，公开批判有岛武郎的思想。

1927年（36岁）

这一年和梶井基次郎、芥川龙之介等人结识。从芥川自杀事件中，受到强烈刺激。8月，戏曲集《活下去》由改造社发行。

1928年（37岁）

1月，开始在《主妇之友》上连载《薄暮的都会》。10月，父亲柳浪去世。

1929年（38岁）

11月，作为《现代日本文学全集》的第四十八卷的《广津和郎·葛西善藏·宇野浩二集》由改造社发行。

1930年（39岁）

4月，《明治大正文学全集》第九卷《广津柳浪·广津和郎集》由春阳堂发行。

1931年（40岁）

5月，《新撰广津和郎集》由改造社发行。

1934年（43岁）

6月，短篇集《昭和初年的知识分子作家》由改造社发行。

1935年（44岁）

10月，短篇集《一个时期》由黎明社发行。

1939年（48岁）

这一年就散文精神问题发言。此外，因这一时期家人多病，开始创作通俗小说。9月和10月，相继痛失长子贤树和养母洁子。

1940年（49岁）

8月，随笔集《爱与死》由牧野书店发行。

1943年（52岁）

6月，《青年时代》由报国社发行。

1947年（56岁）

6月，评论集《关于散文精神》由新生社发行。8月，在《文艺春秋》上发表《日本人的性格》。

1951年（60岁）

6月，《同时代的作家们》由文艺春秋社出版。

1952年（61岁）

9月，《广津和郎著作集》（一）由乾元社发行。

1953年（62岁）

7月，《广津和郎著作集》（二）由乾元社发行。

1954年（63岁）

11月，作为《昭和文学全集》第四十八卷，《广津和郎·宇野浩二集》由角川书店发行。

1955年（64岁）

6月，《松川审判》由筑摩书房发行。12月，作为《现代日本文学全集》第三十二卷，《广津和郎·宇野浩二集》

由筑摩书房发行。

1956年（65岁）

5月，《松川审判第二》由筑摩书房发行。

1957年（66岁）

5月，短篇集《美丽邻居》由宝文馆发行。

1958年（67岁）

4月，评论集《关于自由和责任的考察》由中央公论社发行。10月，《松川审判第三》由筑摩书房发行。11月，《松川审判》由中央公论社发行。

1959年（68岁）

1月，《广津和郎著作集》（全六卷）由东洋文化协会发行。

1962年（71岁）

1月4日，妻子去世。

1963年（72岁）

8月，《岁月的印记》由讲谈社发行。

1964年（73岁）

4月，作为讲谈社版的《日本现代文学全集》第五十八卷，《广津和郎·宇野浩二集》由讲谈社发行。8月，《松川事件和审判》由岩波书店发行。

1965年（74岁）

6月，《广津和郎初期文艺评论》由讲谈社发行。

1967年（76岁）

5月，作为《现代文学大系》的第二十八卷，《菊池宽·广津和郎集》由筑摩书房发行。

1968 年（77 岁）

9 月 21 日，病逝。

5. 夏目漱石年谱

1867 年

1 月 5 日，作为家中第五个男孩出生在江户牛込马场下横町，名为金之助，父亲为夏目小兵卫直克、母亲千枝。生后不久被就送去寄养，旋即被带回。

1868 年（1 岁）

11 月成为盐原昌之助的养子。

1869 年（2 岁）

移居至浅草三间町。

1870 年（3 岁）

因种痘脸上留下疤痕。

1871 年（4 岁）

随养父盐原昌之助搬回内藤新宿，暂住在停业中的妓楼伊豆桥。

1872 年（5 岁）

作为盐原昌之助家的长子入户。

1874 年（7 岁）

盐原昌之助夫妻关系不和睦，和养母暂时回到出生的家。12 月进入公立的浅草寿町户田小学第八级。

1875 年（8 岁）

5 月，完成第八级与第七级的学习。

1876 年（9 岁）

4月，盐原夫妇离婚，金之助的户籍保留在盐原家，与养母一同被带回夏目家。5月转入市谷小学。

1878年（11岁）

2月与朋友合作在传阅杂志上撰写《正成论》，4月入一桥中学。

1881年（14岁）

1月21日，生母千枝去世。金之助为了学习汉文，转入二松学舍。

1883年（16岁）

9月，为了进入大学预科学习，入成立学舍学习英语。同级有桥本左五郎、太田达人、新渡户稻造等。

1884年（17岁）

寄宿在新福寺。9月，进入大学预科学习。同级中有中村是公、芳贺矢一等。

1885年（18岁）

和桥本、中村等人寄宿在末富屋，喜好赛船，擅长器械操。

1886年（19岁）

4月，大学预科部更名为第一高中。7月患上腹膜炎，未能参加晋级考试，因此落榜。之后和中村成为江东义塾的教师，并搬至私塾的宿舍。

1887年（20岁）

3月21日，长兄大一去世，享年31岁。6月21日，次兄荣之助去世，享年28岁。7月下旬，患上急性沙眼，辞去私塾的教职，搬回自家居住。

1888年（21岁）

1月，恢复夏目家的户籍，7月从第一高中预科毕业，9月，进入该校英文专业学习。

1889年（22岁）

1月，结识正冈子规，同级有山田美妙等人。9月，著《木屑录》。

1890年（23岁）

7月，从第一高等中学毕业，9月，进入东京帝国大学英语专业学习，成为从文部省借学费的学生。

1891年（24岁）

7月，成为免费生。7月28日，兄嫂登世去世，享年24岁。12月，英译《方丈记》。

1892年（25岁）

4月，为了躲避征兵，提出分家申请，将户籍迁至北海道。5月，成为东京专业学校的讲师。夏季，与正冈子规在京都、冈山、松山等地旅行，在冈山经历大洪水。同年结识高浜清（虚子）。

1893年（26岁）

7月，从英语专业毕业，成为继立花政树后的第二个毕业生。随后进入帝国大学研究生院学习，10月任职于东京高等师范学校。年收入为450日元。

1894年（27岁）

10月，寄宿在小石川的尼寺法藏院。12月，于镰仓元觉寺参禅。同年患上神经衰弱。

1895年（28岁）

4月，任爱媛县普通中学（松山中学）英语教师。8月，正冈子规寄居在漱石处，两人开始热衷俳句。12月，与贵族院书记官中根重一的长女镜子订婚。

1896年（29岁）

4月，赴任熊本县第五高中教师。6月，租住在熊本市下通町结婚。

1897年（30岁）

6月，父亲夏目小兵卫直克去世。9月，移居大江村。

1898年（31岁）

3月，移居至同市的井川渊，妻子镜子的歇斯底里加剧。6月，寺田寅彦初次来访。7月，搬至内坪井町。

1899年（32岁）

5月，长女笔子出生。6月，任英语系主任。9月，与山川信次郎登阿苏山。

1900年（33年）

5月，文部省命其研究英语赴英国留学两年。7月，返回东京。9月8日，从横滨出发赴英国。

1901年（34岁）

1月，次女恒子出生。5月，受池田菊苗影响，计划写《文学论》。从7月开始，便在寄宿处埋头撰写《文学论》。因留学经费不足及孤独感，陷入神经衰弱。

1902年（35岁）

夏季，患上重度的神经衰弱。9月19日，好友正冈子规去世，享年36岁。10月，赴苏格兰旅行。12月5日，离开伦敦踏上归途。

1903年（36岁）

1月20日，抵达长崎港。1月24日，抵达东京新桥。3月，移居至东京市本乡区。4月，兼任第一高中及东京帝国大学英语系讲师。10月，三女荣子出生。11月，神经衰弱复发。

1904年（37岁）

4月，任明治大学讲师。12月，在高浜虚子的推荐下，在《山会》上发表《我是猫》。

1905年（38岁）

1月，在《杜鹃》上发表《我是猫》，在《帝国文学》上发表《伦敦塔》。4月，在《杜鹃》上发表《幻影之盾》。5月，在《七人》上发表《琴之音》。9月，在《中央公论》上发表《一夜》。11月，在《中央公论》上发表《薤露行》。12月，四女爱子出生。

1906年（39岁）

1月，在《帝国文学》上发表《趣味的遗传》。4月，在《杜鹃》上发表《哥儿》。9月，在《新小说》上发表《旅宿》。10月，在《中央公论》上发表《二百一十天》。

1907年（40岁）

1月，在《杜鹃》上发表《秋风》。3月，在池边三山的劝慰下，决定进入东京朝日新闻社。同时向东京帝国大学和第一高中递交辞呈。从3月末至4月，开始在京都和大阪旅行。5月3日，于《东京早日新闻》发表《入社辞》。5月4日至6月4日，连载《文艺的哲学基础》。5月7日，由大仓书店出版《文学论》。6月，长子纯一出生。6月至

10月，连载《虞美人草》。9月，移居至早稻田南町，饱受胃病折磨。

1908年（41岁）

1月，创作《矿工》。4月在《杜鹃》上发表《创作家的态度》。6月，在《大阪朝日新闻》上发表《文鸟》。7月，开始创作《梦十夜》。9月至12月，连载《三四郎》。12月，次子伸六出生。

1909年（42岁）

1月至3月，连载《永日小品》。3月，由春阳堂发表《文学评论》。6月至10月，连载《从此以后》。10月，发表《满韩各地》。11月25日，创设"朝日文艺栏"。

1910年（43岁）

3月至6月，连载《门》。6月，五女雏子出生。同月，漱石因胃溃疡住院。8月，赴修善寺疗养，24日，因大量吐血陷入病危状态，随后逐渐恢复。10月，返回东京，入住长与胃肠医院。此时至翌年2月，创作《想起的事》。

1911年（44岁）

2月21日，辞退文学博士学位。6月，与夫人同行赴长野讲演旅行。8月，赴关西讲演旅行。适逢胃溃疡复发，入住大阪的医院。11月29日，雏子突然离世。

1912年（45岁）

1月1日至4月29日，连载《春分以后》。2月，池边三山去世。3月，连载《三山居士》。12月至翌年4月，连载《行人》。

1913年（46岁）

1月以后，患上重度的神经衰弱。3月末，因胃溃疡卧病在床。9月至11月发表《尘劳》。同年将户籍从北海道迁回东京。

1914年（47岁）

4月20日，发表《心—先生的遗书》。9月，因胃溃疡第四次病发，卧病在床一个月。11月，以《我的个人主义》为题，进行演讲。

1915年（48岁）

1月13日至2月23日，连载《玻璃窗中》。3月末，赴京都旅行，第五次胃溃疡复发。4月，返回东京。6月至9月，创作《道草》。

1916年（49岁）

1月1日至1月21日，发表《点头录》。同月因治疗风湿病赴汤河原温泉。4月，被诊断出糖尿病，接受真锅嘉一郎的治疗。5月26日至12月14日，连载《明暗》。11月22日，胃溃疡复发，病情加重。12月9日，辞世。

三、夏目漱石的新闻记者言论

进入朝日报社：

1. 1907 年 4 月 9、10、11 日，在《大阪朝日新闻》上发表《抵达东京的夜晚》。

2. 1907 年 5 月 4、5 日，在《东京朝日新闻》上发表《入社辞》，1907 年 5 月 3 日，在《大阪朝日新闻》。

3. 1909 年 5 月 5 日，在《东京朝日新闻》上发表《关于太阳杂志征集名家投票》。

4. 1909 年 6 月 15 日，在《太阳》第十五卷第九号、博文馆上发表《关于太阳杂志征集名家投票》。

5. 1910 年 7 月 19 日，在《东京朝日新闻》上发表《文艺与英雄气概》。

6. 1910 年 7 月 20 日，在《东京朝日新闻》上发表《艇长的遗书和中佐的诗》。

7. 1910 年 7 月 21 日，在《东京朝日新闻》上发表《鉴赏的统一和独立》。

8. 1910 年 7 月 23 日，在《东京朝日新闻》上发表《耶酥的功过》。

9. 1910 年 7 月 31 日、8 月 1 日，在《东京朝日新闻》上发表《好恶和优劣》。

10. 1912 年 5 月 18 日，在《明治维新三大政治家》再版、新潮社上发表《关于池边的史论》。

11. 1912年3月1日、2日，在《东京朝日新闻》、《大阪朝日新闻》上发表《三山居士》。

12. 1906年11月4日，在《读卖新闻》上发表《文学论序》。

返还学位：

1. 1911年3月6—8日、8—11日，分别在《东京朝日新闻》、《大阪朝日新闻》上发表《博士问题、默多克先生和我》。

2. 1911年4月15—17日，先后在《东京朝日新闻》、《大阪朝日新闻》上发表《博士问题的发展》。

3. 1911年2月25日，在《东京朝日新闻》上发表《为何辞退学位》。

4. 1911年3月7日，在《中央新闻》上发表《化做遗骸被丢弃的博士学位》。

5. 1911年3月8日，在《东京朝日新闻》上发表《敕令解释不同》。

6. 1911年5月18—20日、5月19—21日，分别在《东京朝日新闻》、《大阪朝日新闻》上发表《文艺委员做什么》。

7. 1912年3月4日，在《读卖新闻》上发表《终于放心》。

8. 1911年7月14日，分别在《东京朝日新闻》、《大阪朝日新闻》上发表《学者和名誉》。

9. 1916年1月1—21日，分别在《东京朝日新闻》、《大阪朝日新闻》上发表《点头录》。

谈日本的近代化：

1. 1911年11月10日，在《朝日讲演集》、朝日新闻合资公司上发表《爱好和职业》。

2. 1911年11月10日，在《朝日讲演集》、朝日新闻合资公司上发表《现代日本的开化》。

3. 1911年11月10日，在《朝日讲演集》、朝日新闻合资公司上发表《内容和形式》。

4. 1911年11月10日，在《朝日讲演集》、朝日新闻合资公司上发表《文艺和道德》。

5. 1915年3月12日，在《现代文集》（马场胜弥后援会编、实业之世界社）上发表《我的个人主义》。

后　记

本书是在我博士毕业论文的基础上修改而成的。时光荏苒，自2009年从北京大学日语语言文化系博士毕业，已过五载。这期间一直在思考如何完善论文内容，直至2014年，才付诸实际行动。本书的一些章节的主体部分曾发表在《日语学习与研究》等重要专业杂志上，借此专著出版之际，对部分章节内容加以完善和修订。

这五年，我一直在思考着"学术"的意义所在，并试图追求着真理。回想这期间走过的岁月，期待过，失望过，彷徨过，喜悦过，总之，复杂的心情不一而足。但再次修改论文内容时，却又唤起了内心那份最初的感动。或许这就是对学术怀有的敬畏之心及坚定信念吧。

犹记进入博士课程学习之初，踌躇满志，立志开辟属于自己的"学术领地"。但在经历系统而严格的学术训练后，才初尝做学问之不易，而一个纯粹的学术人更是历经千锤百炼，方可领悟科学的真谛。特别在论文执笔期间，冥思苦想、写写停停、殚精竭虑，既是煎熬，也是对身心的极大考验。但只因自身才疏学浅，加之平日的懈怠，论文质量难免差强人意。以拙稿作为我二十余载学习生涯的总结，稍显苍白无力，或者可以说是有些缺憾。但正是这稚嫩的文章凝聚了我多年的心血，更包含了师长的殷殷期盼。并且在论文创作期间，历经种种，使我对人生、学术等问题有了新思考。可以说论文执笔过程也是我内心成长的过程。从这个意义讲，以博士论文作为阶段性的总结是再恰当不过了。

论文得以顺利完成，是与周围人的帮助和支持分不开的。首先要感谢我的博士生导师于荣胜教授，博士四年，从于老师那里受益良多。感谢于老师让我有机会成为他的学生，感谢于老师四年间的谆谆教诲，感谢于老师对博士论文的细致修改，感谢于老师在生活上无微不至的关怀，感谢于老师教会我许多做人的道理，可以说是于老师见证了我四年间的成长，而我的成长却换来了于老师日益增多的白发，如此想来，不免有些愧疚。感谢我硕士期间的导师林少华教授，是林老师教会我严谨的治学态度，是林老师使我感受到了中文的魅力所在，并痛下决心学好中文。在博士学习阶段，林老师总是热心询问我的学习情况，使我倍感温暖。感谢李强老师，李老师为人谦和，总是以平易近人的方式来传授知识，在向李老师求教的过程中，总是让人感到轻松愉快。感谢法政大学国际交流基金的招聘外国人研究员项目为我提供的宝贵赴日机会，为我博士论文的资料收集创造了有利条件。特别要感谢在日期间法政大学文学部的指导教师堀江拓充教授，感谢堀江老师对论文提出宝贵意见，并对我日常生活的细心照顾，感谢堀江老师在我回国后还写信激励我。从堀江老师身上，我感受了真正的学者风范，那就是对学术的执著和追求真理的强烈信念。感谢岛村辉和林少阳两位老师在日期间的关怀和照顾，他们都是我特别尊敬的人，从他们身上能强烈感受到对待宗教般虔诚的学术信仰。特别感谢林少阳老师在日期间总是不停地鞭策我、鼓励我。感谢在日期间于荣胜老师和师母的悉心照顾，感谢上海外国语大学王萍教授夫妇的亲切关怀，是他们的嘘寒问暖，才使得留学生活变得格外温馨。感谢在我预答辩时，提出宝贵意见的邱鸣老师、张哲俊老师、王中忱老师以及丁莉老师，是他们的耐心指导使得我的论文更加完善。感谢我的答辩秘书程静同学，她不辞辛劳、默默奉献。

在专著出版之际，感谢我所在的工作单位北京科技大学外国语学院的领导及同事，他们在日常工作方面给予了大力支持，才使我有足够的时间来完善此论文。在出版基金方面，得到北京高校青年英才计划"日本近代小说与知识分子关系研究"（项目号：YETP0406）的资助，在此，一并表示感谢。

最后，感谢所有关心、支持过我的人们！是你们的关心，才使我有了前进的动力。学海无涯，追求真理永无止境。阶段性的结束只不过是另一个新的开始，尽管深知前方并非坦途，但我依然会坚定自己的学术道路。由于作者才疏学浅，对日本文学的理解尚属一知半解，因此书中不免会有这样那样的不足之处，敬请各位专家同仁批评指正。

2014 年 10 月于北京

索 引

知识分子 1－7,9－13,18,20－26,28,37,39－42,44－45,64,66,68,72,74,80－84,102,104,108,110－111,114,116－120,122－124,130,134,136－139,145－146,170－174,176,179－180,183－190
葛兰西 2
德雷福斯事件 2
传统知识分子 2,186
有机知识分子 2
萨义德 2
折口信夫 3
隐者 3
知识 3－5
知识人 3－4
知识阶级 3

里见敦 3
インテリ 3－5
インテリゲンチャ 4－7,9
インテリゲンシャ 4
インテリゲンチア 4
インテリゲンツィア 4,7
高见顺 4
多余人 4,137,173－174,184
松田道雄 4
志士型知识分子 4
实学型知识分子 4
久野收 4
文化人 5,12
使用型知识分子 5－6,11
批判独立型知识分子 5,10－11
永井荷风 6
成岛柳北 6,15－17,27－28,157

法国大革命 6

无产阶级文学 7

人生相涉论争 7,9

文士 7-8,43

山路爱山 7-9

武士 8,51-52

北村透谷 8-10,19

小田切秀雄 9,21,130-131

白桦派 9,126,138

教养派 9

坪内逍遥 9,18,21,36,80,110

《当代书生气质》 9

二叶亭四迷 9,18,21,36,80,110,136,171-173

《浮云》 9-10,80,173,175-176

尾崎红叶 10,35

砚友社 10

《紫》 10

岛崎藤村 10,25,33-34,54,124,178

《破戒》 10-11,33-34,54,124

田山花袋 11,25,54-55

《乡村教师》 11,25

夏目漱石 11,18,20,22-25,28-29,34,37,39-41,44-46,48-49,59,80,108,125-126,136,141-146,150,152,154,158-159,162-164,170-173,177,180,186,188-190

《从此以后》 11,24,26,59,80,141-142,144-146,159,162,164,170,182,189

森鸥外 11,24,34,177

《青年》 11,24-25,174,186

高等游民 11,22,80,144,146-147,154,177

私小说 11

读书人 12

日俄战争 12,18,24,33,41,48-49,144,171,180

古巴比伦 13

戈公振 13

瓦版 14,168

约瑟夫 14

柳河春三 14

新闻记者 12,20-30,35-37,48,50,53,56-57,60,66,76,84,87,118,120,140-143,150,154,158-159,163-164,168,173,179-180,186,188-190

新闻 14-15,166-167

《读卖新闻》 14,20,41-42,56-57,71,76,125,156

福地源一郎（樱痴） 15-16,27,31,156-157

假名垣鲁文 15

栗本锄云 15,17

西南战争 15,38,157

国木田独步 15,126

《国民新闻》 15

《第二军出征日记》 15

甲午中日战争 15,40－41

操觚者 15－16,28

News 15

Newspaper 15

末广重恭 16－17,27

东京专科学校 16－17

小野梓 16

大隈重信 17

沼间守一 17,28

萨摩 17,27

福泽谕吉 17,19,27

政论记者 18

报道记者 18

东京朝日新闻社 18

《内部生命论》 19

德富苏峰 19,29,50

《将来之日本》 19

龟井胜一郎 21

世间师 21,165－170

前田爱 21

教养型知识分子 22,142,186

石川啄木 18,20,22,24,28－29,33－34,59,66,79－80,88,90－92,94－96,98,108,110,114－116,118,120－121,123－134,138－139,141,171,173,180－181,188,190

广津和郎 22,25,69,80－83,114,135－139,184,190

正宗白鸟 23－24,28－29,56－69,70－71,76－78,186

弱者 22－23,76,84,99,101－102,19－120,138－139,179,186－190

自然主义文学 22－23,33,70,115－116,124－125,142,172,183,186,189

岩野泡鸣 23－24,50,53－58,68－69,141,186

《雪中梅》 24

幸田露伴 24

《天打浪》 24

《舞姬》 24

《流浪》 24－25,36,50,53－59,63,65－69,140－141,179,183,189

《尘埃》 24－25,36,59,69－71,179,183,189

《我们的一伙儿和他》 24－25,79,82－84,91,94－95,98,110－111,117,120－121,124－127,132,134,138,140,185,189

《神经病时代》 25－26,80－83,86,111,119,134,136－137,139,185,189

《春》 25,124

《三四郎》 25,186

新闻出版业 26,29,37,48,142－143,163,170,188

后援者 26,37,48,143,170,177,186,189

《现代日本的开化》 28

《时代闭塞的现状》 28,59,92,94,111,132-133,180

文学家 28,30,35,48,94,188

《万朝报》 29,39,41-42

《文学与糊口》 30

黑岩泪香 29-30,41

《国民报纸》 29

《日本》 29,40

《日本人》 29

三宅雪岭 29,50

内田鲁庵 32,35

文人 31-32,35-36

《文学与报酬》 31

《有明集》 33

小川菊松 33

《著作与出版》 34

西园寺公望 35

雨声会 35

半井桃水 37

大报纸 38,44,155-158,163

小报纸 38,44,140,155-156,158,163

《东京朝日》 38-43,47-48,142

《大阪朝日》 38,142

读者层 38,156

《国民》 40

《报知》 40

《每日》 40,156

新闻小说 40,46-47,49,145

传统型知识分子 40

《东京日日》 47,156

《时事》 41

幸德秋水 41

堺枯川 41

内村鉴三 41

小泉信三 41

堺利彦 42

《平民》 42

《虞美人草》 44,142

《文学的哲学基础》 44

实业报纸 44

《玻璃窗中》 45

杉村楚人冠 48

涩川柳次郎 48

《最近报纸学》 48

立身出世 51,53

立身 51-53

出世 51-53

分限思想 52

《劝学篇》 53

《西国立志篇》 53,178

《新自然主义》 54

《神秘的半兽主义》 54

岛村抱月 55

一元描写论 55

樋口一叶 57

正冈子规 57,171

镰仓方信 57

边缘人 67,189

真山青果 70

铃木三重吉 70

高浜虚子 70

相马御风 71

伊藤整 74

性格破产者 80-83,134-135,
137-139,185

平野谦 80

性格破产 81,134,136-138,185

谷崎精二 81

《变质论》 81

契诃夫 81,135-136

二重生活 79-80,83-88,90-
92,98,107,114,117,127-129,
132,138,185

大逆事件 94-95,130,132

虚无倾向 104,116-117,
133,190

虚无主义者 104,115,179,183

田中王堂(喜一) 116-117,130

猪野谦二 118-119,126,138

主体意识 120,180,188-189

《行人》 125,145,162

《心》 125,137,145

米田利昭 131

伦理人 141

《伦敦消息》 143

新闻意识 143,167

知性生活 144,146,148-149,
152,159,162-163,177

小田实 150

《日本的知识分子》 150

职业观 152

人格变化 152

《朝野》 156-157

柳田国男 165

长谷川如是闲 166

飞脚 168

岸田吟香 168

言文一致体 172

《青春》 174-177

矶田光一 175

长谷川天溪 178-179

竹内洋 182